包君成人文素养系列

阅读课

包君成 编著

包君成

给青少年的
名人书信

现代教育出版社
Modern Education Press

图书在版编目（CIP）数据

给青少年的名人书信 / 包君成编著 . —北京：现
代教育出版社，2023.1
（包君成阅读课）
ISBN 978-7-5106-9075-4

Ⅰ . ①给… Ⅱ . ①包… Ⅲ . ①书信集－中国－当代
Ⅳ . ① I267.5

中国国家版本馆 CIP 数据核字（2023）第 018604 号

包君成阅读课：给青少年的名人书信

包君成　编著

出 品 人	陈　琦
选题策划	王春霞　张家启
责任编辑	王冠琳　尹雯琪
封面设计	璞茜设计
出版发行	现代教育出版社
地　　址	北京市东城区鼓楼外大街 26 号荣宝大厦三层
邮　　编	100120
电　　话	010-64251036（编辑部）010-64256130（发行部）
印　　刷	三河市中晟雅豪印务有限公司
开　　本	880 mm × 1230 mm　1/32
印　　张	7
字　　数	180 千字
版　　次	2023 年 1 月第 1 版
印　　次	2023 年 1 月第 1 次印刷
书　　号	ISBN 978-7-5106-9075-4
定　　价	78.00 元

序　言

　　阅读能抚慰人的心灵，滋养人的灵魂，这种滋养投入很低，却获益良多，甚至受益终生。阅读能帮你推开广阔世界的大门，通过阅读，你的知识面会不断地被拓展，价值观会不断地被重建。爱读书没有多么了不起，却能帮你向内看清自己，向外探索世界。

　　在波澜壮阔的文学海洋里，应该如何选择适合自己的阅读作品呢？这是包子老师此次整理编写这套"阅读课"系列的初衷。包子老师尝试甄选出适合同学们阅读学习的名家作品，包括散文、短篇小说、书信等多种体裁，并进行分类、赏析，帮助大家在有限的时间内实现高效的沉浸式阅读，在提升文字审美的同时，体会作者的创作意图，点拨实用的写作技巧。

　　我们选篇的宗旨很明确：第一，文章内容健康励志。一套好的阅读书系对于读者，尤其是青少年读者具有指明灯的作用，有助于培养其健全的人格。第二，传承民族文化。每个时期留存下来的优秀作品都是民族历史的缩影，如同音符里的不同符号，共同谱写着民族文化的大篇章。第三，让阅读成为写作的根基。阅读经典，且反复阅读，写作就会成为一种水到渠成的表达习惯，文字通过不同的组合神奇地跃然纸上，留下一串串美好的人生印记。

我们选篇的原则很清晰：第一，适读性。从篇幅长短到内容深浅，从时代背景到故事内容，我们都做了大量的比对和遴选，再排除与课本重复的篇章后定稿。第二，名家经典。经典名篇经过时间的沉淀，在思想情趣、人生智慧、情感表达等方面都给我们竖起了榜样的旗帜。第三，尽显母语之美。学习语文就是要尽悟母语之美，审美是一种放松身心的行为，带着这样的心态去阅读，就不会感到刻意学习带来的压力和枯燥感。

包子老师希望这套"阅读课"可以成为一座让孩子们亲近文学、了解名家的桥梁。在这座桥上，我们看风景，品风景，然后也成为风景的一部分。何其惬意！

目 录

梁启超

给孩子们书

孩子们：

一个多月没有写信，只怕把你们急坏了。

不写信的理由很简单，因为向来给你们的信总在晚上写的，今年热得要命，加以蚊子的群众运动比武汉民党还要利害，晚上不是在院子外头，就是在帐子里头，简直五六十晚没有挨着书桌子，自然没有写信的机会了。加以思永回来后，谅来他去信不少，我越发落得躲懒了。

关于忠忠学业的事情，我新近去过一封电，又思永有两封信详细商量，想早已收到。我的主张是叫他在威士康逊把政治学告一段落，再回到本国学陆军。因为美国决非学陆军之地，而且在军界活动，非在本国有些"同学系"的关系不可以，所以"打人学校"决不要进。至于国内何校最好，我在这一年内切实替你调查预备便是。

思成再留美一年，转学欧洲一年，然后归来最好。关于思成学业，我有点意见。思成所学太专门了，我愿意你趁毕业后一两年，分出点光阴多学些常识，尤其是文学或人文科学中之某部门，稍为多用点工夫。我怕你因所学太专门之故，把生活也弄成近于单调，太单调的生活，容易厌倦，厌倦即为苦恼，乃至堕落之根源。再者，一个人想要交友取益，或读书取益，也要方面稍多，才有接谈交换或开卷引进的机会。不独朋友而已，即如在家庭里头，像你有我这样一位爹爹，也属人生难逢的幸福。若你的学问兴味太过单调，将来也会和我相对词竭，不能领着我的教训，你全生活中本来应享的乐趣，也削减不少了。我是学问趣味方面极多的人，我之所以不能专精有成者在此，然而我的生活内容异常丰富，能够永久保持不厌不倦的精神，亦未始不在此。我每历若干时候，趣味转过新方面，便觉得像换个新生命，如朝旭升天，如新荷出水，我自觉这种生活是极可爱的，极有价值的。我虽不愿你们学我那泛滥无归的短处，但最少也想你们参采我那烂漫向荣的长处。这封信你们留着，也算我自作的小小像赞。我这两年来对于我的思成，不知何故常常像有异兆的感觉，怕他渐渐会走入孤峭冷僻一路去。我希望你回来见我时，还我一个三四年前活泼有春气的孩子，我就心满意足了。这种境界，固然关系人格修养之全部，但学业上之熏染陶镕，影响亦非小。因为我们做学问的人，学业便占却全生活之主要部分。学业内容之充实扩大，与生命内容之充实扩大成正比例。所以我想医你的病，或预防你的病，不能不注意及此。这些话许久要和你讲，因为你没有毕业以前，要注重你的专门，不愿你分心，现在机会到了，不能不慎重和你说。你看了这信，意见如何？徽音意思如何？无论校课如何忙迫，是必要回我一封稍长的信，令我安心。

你常常头痛，也是令我不能放心的一件事。你生来体气不如弟妹们强壮，自己便当自己格外搏节补救，若用力过猛，把将来一身健康的幸福削减去，这是何等不上算的事呀！前在费校功课太重，也是无法，今年转校之后，务须稍变态度。我国古来先哲教人做学问方法，最重优游涵饮，使自得之。这句话以我几十年之经验结果，越看越觉得这话亲切有味。凡做学问总要"猛火熬"和"慢火炖"两种工作循环交互着用去。在慢火炖的时候，才能令所熬的起消化作用，融洽而实有诸己。思成，你已经熬过三年了，这一年正该用炖的工夫。不独于你身子有益，即为你的学业计，亦非如此不能得益。你务要听爹爹苦口良言。

庄庄在极难升级的大学中居然升级了，从年龄上你们姐妹弟兄们比较，你算是最早一个大学二年级生，你想爹爹听着多么欢喜。你今年还是普通科大学生，明年便要选定专门了，你现在打算选择没有？我想你们弟兄姊妹，到今还没有一个学自然科学，很是我们家里的憾事，不知道你性情到底近这方面不？我很想你以生物学为主科，因为它是现代最进步的自然科学，而且为哲学、社会学之主要基础，极有趣而不须粗重的工作，于女孩子极为合宜，学回来后本国的生物随在可以采集试验，容易有新发明。截到今日止，中国女子还没有人学这门，男子也很少。你来做一个"先登者"不好吗？还有一样，因为这门学问与一切人文科学有密切关系，你学成回来可以做爹爹一个大帮手，我将来许多著作，还要请你做顾问哩！不好吗？你自己若觉得性情还近，那么就选他，还选一两样和他有密切联络的学科以为辅。你们学校若有这门的好教授，便留校，否则在美国选一个最好的学校转去，姊姊、哥哥们当然会替你调查妥善，你自己想想定主意罢。

专门科学之外，还要选一两样关于自己娱乐的学问，如音乐、文学、美术等。据你三哥说，你近来看文学书不少，甚好，甚好。你本来有些音乐天才，能够用点功，叫他发荣滋长最好。

姊姊来信说你因用功太过，不时有些病。你身子还好，我倒不十分担心。但做学问原不必太求猛进，像装罐头样子，塞得太多太急，不见得便会受益。我方才教训你二哥，说那"优游涵饮，使自得之"，那两句话，你还要记着受用才好。

你想家想极了，这本难怪，但日子过得极快，你看你三哥转眼已经回来了，再过三年你便变成一个学者回来帮着爹爹工作，多么快活呀！

思顺报告营业情形的信已到❶。以区区资本而获利如此其丰，实出意外，希哲不知费多少心血了。但他是一位闲不得的人，谅来不以为劳苦。永年保险押借款剩馀之部及陆续归还之部，拟随时汇到你们那里经营。永年保险明年秋间便满期，现在借款认息八厘，打算索性不还他，到明年照扣便了。又国内股票公债等，如可出脱者，只要有人买。打算都卖去，欲再凑美金万元交你们。只怕不容易。因为国内经济界全体破产即在目前，旧物只怕都成废纸了。

我们爷儿俩常打心电，真是奇怪。给他们生日礼一事，我两月前已经和王姨谈过，写信时要说的话太多，竟忘记写去，

---

❶ 此函开头至"思顺报告营业情形的信已到"，因手迹缺失，录自《梁任公先生年谱长编（初稿）》"民国十六年丁卯，五十五岁"。

谁知你又想起来了。耶稣诞我却从未想起。现在可依你来信办理。几个学生都照给他们压岁钱、生日礼、耶稣诞各二十元。桂儿姊弟压岁、耶稣各十元，你们两夫妇却只给压岁钱，别的都不给了，你们不说爹爹偏心吗？

我数日前因闹肚子，带着发热，闹了好几天，旧病也跟着发得利害。新病好了之后，唐天如替我制一药膏，方服了三天，旧病又好去大半了。现在天气已凉，人极舒服。

这几天几位万木草堂老同学韩树园、徐君勉、伍宪子都来这里共商南海先生身后事宜，他家里真是八塌糊涂，没有办法。最糟的是他一位女婿。三姑爷。南海生时已经种种捣鬼，连偷带骗，南海现在负债六七万，至少有一半算是欠他的。他串同外人来盘剥。现在还是他在那里把持，二姨太是三小姐的生母，现在当家，惟女儿女婿之言是听，外人有什么办法。君勉任劳任怨想要整顿一下，便有"干涉内政"的谤言，只好置之不理。他那两位世兄和思忠、思庄同庚，现在还是一点事不懂，远不及达达、司马懿（yì）。活是两个傻大少。人当不坏，但是饭桶，将来亦怕变坏。还有两位在家的小姐，将来不知被那三姑爷摆弄到什么结果，比起我们的周姑爷和你们弟兄姊妹，真成了两极端了。我真不解，像南海先生这样一个人，为什么全不会管教儿女，弄成这样局面。我们公同商议的结果，除了刊刻遗书由我们门生负责外，盼望能筹些款，由我们保管着，等到他家私花尽，现在还有房屋、书籍、字画等所值不少。能够稍为接济那两位傻大少及可怜的小姐，算稍尽点心罢了。

思成结婚事，他们两人商量最好的办法，我无不赞成。在这三几个月当先在国内举行庄重的聘礼，大约须在北京，林家由徽的姑丈们代行，等商量好再报告你们。

福鬘（mán）来津住了几天，现在思永在京，他们当短不了时时见面。

达达们功课很忙，但他们做得兴高采烈，都很有进步。下半年都不进学校了，良庆在南开中学当教员。给他们补些英文、算学，照此一年下去，也许抵得过学校里两年。

老白鼻越发好顽了。

爹爹 八月廿九日
两点钟了，不写了。

作者简介

梁启超（1873—1929），字卓如，又字任甫，号任公，别号饮冰室主人。中国近代思想家、史学家、文学家、教育家。与其师康有为倡导变法维新，思想激进，政论在社会上很有影响。1920年后，放弃政治运动，致力于学术研究和著述。他所提倡的文学革命开辟了近代文学理论探索和文学创作的新局面。其一生著述宏富，有《饮冰室合集》，今辑有《梁启超全集》。

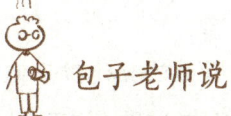

梁启超很重视对子女的教育，常与之通信。他写给子女的信件有四百余封。在这些信里，除励志、规劝，更多的是谈心、抒怀，尽情表达对他们的爱与思念，在众多父辈写给子辈的信中别具特色，其教育观和教育方法很值得当今父母借鉴。

梁启超是个合格的父亲，对子女的培养是全面而科学的，不但看重孩子的德、才，更重视他们的心灵，把孩子们的幸福感放在首位，这一点十分超前。梁启超晚年给孩子们写过很多信，本篇是其中的一封，写于1927年。当时，他在清华国学研究院担任导师。信中，他结合自己数十年的生活、治学体验，对几个子女的教育与成长提出了自己的看法。

写此信时，梁启超的大女儿思顺、小女儿思庄，儿子思成、思忠均在国外，或工作，或留学。他高屋建瓴地对他们的学业、择业给予了引导，其教育观、人才观、人生观也于信中透露出来。他希望孩子们尤其是梁思成，在专门的学术外要加强人文素养，培养音乐、艺术、文学等方面的爱好，以免人生过于枯燥而使生活失去乐趣。他并不一味敦促孩子们学习，主张做学问要"优游涵饮，使自得之"，反对学业上太求猛进，"像装罐头样子，塞得太多太急不见得便会受益"。梁启超是学贯古今中西的学者，对于做学问有独到心得和方法。他教导孩子做学问要运用"猛火熬""慢火炖"的两种方法既形象又准确，并且这两种方法会使孩子们受益匪浅。孩子们能有这样的父亲，也的确如他自己所说的"是人生难逢的幸福"。梁启超有着学者的敏锐度和超前意识，他注意到生物学有发展前景，在国内此学科是空白领域，于是希望女儿思庄学习生物学，"容易有发明"，于自己也是个帮手。思庄听了他的话选修了生物学，后来觉得不是兴趣所在，改学图书馆学，后来成为著名的图书馆学专家。梁启超为此自我检讨，态度开明而平等。信中的"南海"即康有为，梁启超与孩子们提及康有为的子女不成器，虽是唠家常，但不无警诫深意。

信中的"司马懿""老白鼻"是梁启超给孩子起的外号。"司马懿"指梁思懿，梁启超的三女儿，"老白鼻"指梁思礼，梁启超最小的儿子，这个名字源自英语"baby"，用了汉语的谐音。

这封信为我们展示了一个完全不同的梁启超，他和蔼、慈爱、开明、幽默，没有丝毫的学究气，可亲可爱，形象立体生动。

给庄庄

小宝贝庄庄：

　　我想你的狠，所以我把这得意之作裱成这玲珑小巧的精美手卷寄给你，你姊姊呢，他老成了，不会抢你的，你却要提防你那两位淘气的哥哥，他们会气不忿呢，万一用起杜工部那"剪取吴淞半江水"的手段来却糟了，小乖乖你赶紧收好吧。

　　　　　　　　　　　　　　　　乙丑五月十三日爹爹寄爱

包子老师说

　　这是梁启超给女儿思庄的信。当时她在国外留学，梁启超会时不时给她寄一些由自己作的小诗或者写的字等制成的精美的手卷。他经常在信里跟孩子们"撒娇卖萌"，无比亲昵。生活中这样可爱的梁启超实在超乎很多人的想象。

致梁思成、林徽音[1]书

思成、徽音：

近日有好几封专给你们的信，由姊姊那边转寄，只怕到在此信之后。

你们沿途的明信片尚未收到。巴黎来的信已到了，那信颇有文学的趣味，令我看着很高兴。我盼望你们的日记没有间断。日记固然以当日做成为最好，但每日参观时跑路极多，晚间疲倦，欲全记甚难，宜记大略，而特将注意之点记起，用一种特别记忆术。备他日重观时得以触发续成，所记范围切不可宽泛，专记你们最有兴味的那几件——美术、建筑、戏剧、音乐便够了，最好能多作"漫画"。你们两人同游有许多特别便利处，只要记个大概，将来两人并着覆勘原稿，彼此一谭，当然有许多遗失的印象会复活，许多模糊的印象会明了起来。

能做成一部"审美的"游记，也算得中国空前的著述。况且你们是蜜月快游，可以把许多温馨芳洁的爱感，进溢在字里行间，用点心做去，可成为极有价值的作品。

东北大学和清华都议聘思成当教授，东北尤为合式。今将孝同来书寄阅——杨廷宝前几天来面谈所说略同。关于此事，我有点着急，因为未知你们意思如何？多少留学生回来找不着

---

[1] 林徽音，1934年改名林徽因。此信写于1928年，故仍用原名。

职业，所以机不宜失。但机会不容错过，我已代你权且答应东北，清华拟便辞却。等那边聘书来时，我径自替你收下了。

时局变化剧烈，或者你们回来时两个学校都有变动也未可知，且不管他，到那时再说，好在你们一年半载不得职业也不要紧。

但既就教职，非九月初到校不可，欧游时间不能不缩短，很有点可惜。而且无论如何赶路，怕不能在开学前回福州了。只好等寒假再说。关于此点，我很替徽音着急。又你们既决就东北，则至迟八月初非到津不可。因为庙见大礼万不能不举行，举行必须你们到家后有几天的预备才能办到。庙见后你们又必须入京省墓一次，所以在京、津间最少要有半个月以上的工夫。

赶路既如此忙迫，不必把光阴费在印度洋了，只好走西伯利亚吧。但何日动身，何日到本国境，总要先二十来天发一电来，等我派人去招呼，以免留滞。

我一月来体子好极了，便血几乎全息，只是这一个多月过"老太爷生活"，似乎太过分些，每天无所事事，恰好和老白鼻成一对。

今天起得特别早，太阳刚出，便在院子里徘徊，"绿阴幽草胜花时"，好个初夏天气也。

五月十四日　爹爹

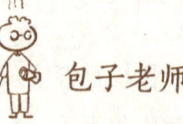

　　这封信写于1928年梁思成、林徽因在欧洲蜜月旅行期间。于信中可感知到梁启超有文人的浪漫和诗心，他嘱咐儿子、儿媳在旅行期间要不间断地记日记，且要记最有兴味的几件，把温馨芳洁的爱感进溢在其中，做成"审美的游记"。除此之外，信中也有务实的内容，对他们归国后的工作给出了建议。这封信既有精神生活的引导，又有实际生活的安排，这样的父亲属实难得。

李叔同

致诚子

诚子：

关于我决定出家之事，在身边一切事务上我已向相关之人交代清楚。上回与你谈过，想必你已了解我出家一事是早晚的问题罢了。经过了一段时间的思索，你是否能理解我的决定了呢？若你已同意我这么做，请来信告诉我，你的决定于我十分重要。

对你来讲硬是要接受失去一个与你关系至深之人的痛苦与绝望，这样的心情我了解。但你是不平凡的，请吞下这苦酒，然后撑着去过日子吧。我想你的体内住着的不是一个庸俗、怯懦的灵魂。愿佛力加被，能助你度过这段难挨的日子。

做这样的决定，非我寡情薄义。为了那更永远、更艰难的佛道历程，我必须放下一切。我放下了你，也放下了在世间累积的声名与财富。这些都是过眼云烟，不值得留恋的。

我们要建立的是未来光华的佛国。在西天无极乐土，我们再相逢吧。

为了不增加你的痛苦，我将不再回上海去了。我们那个家里的一切，全数由你支配，并作为纪念。人生短暂数十载，大限总是要来，如今不过是将它提前罢了，我们是早晚要分别的，愿你能看破。

在佛前，我祈祷佛光加持你。望你珍重，念佛的洪名。

叔同 戊午七月一日

作者简介

  李叔同（1880—1942），现代文学家、书画家、音乐家。1918年于杭州虎跑寺出家，法名演音，号弘一。当时，李叔同在艺术界和文化界已经很有声望，这一举动令两界哗然，很多人难以理解他的行为，包括他的亲人和朋友。这封信写于1918年，诚子是李叔同的日本妻子，他正式出家前给妻子写了此信。诚子得知后到寺相劝，因为在日本佛教文化中，出家僧人也可保留其俗世家庭，所以她希望丈夫在出家的同时不要放弃家庭，但被李叔同回绝。李叔同信中言"请吞下这杯苦酒吧……非我薄情寡义，为了那更永远、更艰难的佛道历程，我必须放下一切。我放下了你，也放下了在世间累积的声名与财富"，句句感人肺腑，却又态度决绝。

致传贯法师

此前于八月廿九日给莲妙法师（侍者）细嘱临终助念及焚化作法，附录于下：

（一）在已停止说话及呼吸短促，或神志昏迷之时，即须预备助念应需之物。（二）当助念之时，须先附耳通知云："我来助念。"然后助念，如未吉祥卧者，待改正吉祥卧后，再行助念。助念时诵《普贤行愿品赞》，乃至"所有十方世界中"等正文。末后再念"南无阿弥陀佛"十声（不敲木鱼，大声缓念）。再唱回向偈："愿生西方净土中"，乃至"普利一切诸含识"。当在此诵经之际，若见余眼中流泪，此乃"悲欢交集"所感，非是他故，不可误会。（三）察窗门有未关妥者，关妥锁起。（四）入龛（kān）时如天气热者，待半日后即装龛，凉则可待二三日装龛。不必穿好衣服，只穿旧短裤，以遮下根即已。龛用养老院的，送承天寺焚化。（五）待七日后再封龛门，然后焚化。遗骸分为两坛，一送承天寺普同塔，一送开元寺普同塔。在未装龛以前，不须移动，仍随旧安卧床上。如已装入龛，即须移居承天寺。去时将常用之小碗四个带去，填龛四脚，盛满以水，以免蚂蚁嗅味走上，致焚化时损害蚂蚁生命，应须谨慎。再则，既送化身窑后，汝须逐日将填龛脚小碗之水加满，为恐水干去，又引起蚂蚁嗅味上来故。

1942年9月

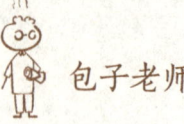

　　这封信是李叔同的遗嘱，于1942年9月去世前所写，传贯法师是他的侍者。信中详细介绍了在他临终后助念和焚化的做法，尽显佛门特色；尤其在焚化时害怕损伤蚂蚁等小虫性命，而嘱托法师用碗顶龛四脚，用以放水，足见其慈悲之心。

致夏丏尊

丏尊居士文席：

朽人已于九月初四日迁化。曾赋二偈附录于后："君子之交，其淡如水。执象而求，咫尺千里。问余何适，廓尔忘言。华枝春满，天心月圆。"谨达，不宣。

音启

前所记月日，系依农历。又白。

包子老师说))))

弘一法师临终前把一切细事都交代好了，包括去世后通知谁。准确地说，这是封讣告，是其生前写好的，只把日期空着，让侍者传贯法师届时填好，和上文的遗嘱放在一起，因此上封信才有"附录于下"的字样。夏丏尊是弘一法师的挚友，后来两家结成儿女亲家。弘一法师在这封特殊的信里以富含哲理和诗意的偈（jì）子概括了两人的情谊，表达了自己去世而得圆满的心情——"华枝春满，天心月圆"。

鲁 迅

致许广平

小莲蓬而小刺猬：

现在是三十日之夜一点钟，我快要睡了，下午已寄出一信，但我还想讲几句话，所以再写一点。

前几天，董秋芳给我一信，说他先前的事，要我查考鉴察。我那有这些工夫来查考他的事状呢，置之不答。下午从西山回，他却等在客厅中，并且知道他还先向母亲房里乱攻，空气甚为紧张。我立即出而大骂之，他竟毫不反抗，反说非常甘心。我看他未免太无刚骨，然而他自说其实是勇士，独对于我，却不反抗。我说我却愿意人对我来反抗。他却道正因如此，所以佩服而不反抗者也。我也为之好笑，乃笑而送出之。大约此后当不再来缠绕了罢。

晚上来了两个人，一个是为孙祥偈翻电报之台，一个是帮我校《唐宋传奇集》之魏，同吃晚饭，谈得很畅快。和上午之纵谈于西山，都是近来快事。他们对于北平学界现状，俱颇不满。我想，此地之先前和"正人君子"战斗之诸公，倘不自己小心，怕就也要变成"正人君子"了。各种劳劳，从我看来，很可不必。我自从到北平后，觉得非常自在，于他们一切言动，甚为漠然；即下午之面斥董公，事后也毫不气忿，因叹在寂寞之世界里，虽欲得一可以对垒之敌人，亦不易也。

小刺猬，我们之相处，实有深因，它们以它们自己的心，来相窥探猜测，那里会明白呢。我到这里一看，更确知我们之并不渺小。

　　这两星期以来，我一点也不颓唐，但此刻遥想小刺猬之采办布帛之类，豫为小小白象经营，实是乖得可怜，这种性质，真是怎么好呢。我应该快到上海，去管住她。

（三十日夜一点半。）

　　小刺猬，三十一日早晨，被母亲叫醒，睡眠时间少了一点，所以晚上九点钟便睡去，一觉醒来，此刻已是三点钟了。冲了一碗茶，坐在桌前，遥想小刺猬大约是躺着，但不知是睡着还是醒着。五月三十一这天，没有什么事。但下午有三个日本人来看我所藏的关于佛教石刻拓本，颇诧异于收集之多，力劝我作目录。这自然也是我所能为之一，我以外，大约别人也未必做的了，然而我此刻也并无此意。晚间，宋紫佩已为我购得车票，是三日午后二时开，他在报馆中，知道车还可以坐，至多，不过误点（迟到）而已。所以我定于三日启行，有一星期，就可以面谈了，此信发后，拟不再寄信，倘在南京停留，自然当从那里再发一封。

（六月一日黎明前三点）

哥姑：

写了以上的几行信以后，又写了几封给人的回信，天也亮起来了，还有一篇讲演稿要改，此刻大约是不能睡了，再来写几句。

我自从到此以后，综计各种感受，似乎我与新文学和旧学问各方面，凡我所着手的，便给别人一种威吓——有些旧朋友自然除外——所以所得到的非攻击排斥便是"敬而远之"。这种情形，使我更加大胆阔步，然而也使我不复专于一业，一事无成。而且又使小刺猬常常担心，"眼泪往肚子里流"。所以我也对自己的坏脾气，常常痛心；但有时也觉得惟其如此，所以我配获得我的小莲蓬兼小刺猬。此后仍当四面八方地闹呢，还是暂且静静，作一部冷静的专门的书呢，倒是一个问题。好在我们就要见面了，那时再谈。

我的有莲子的小莲蓬，你不要以为我在这里时时如此彻夜呆想，我是并不如此的。这回不过因为睡够了，又有些高兴，所以随便谈谈。吃了午饭以后，大约还要睡觉。加以行期在即，自然也忙些。小米（小刺猬吃的），饸子面（同上），果脯等，昨天都已买齐了。

这信封的下端，是因为加添这一张，我自己拆过的。

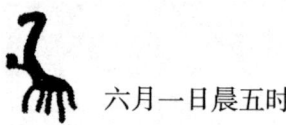 六月一日晨五时

作者简介

鲁迅（1881—1936），文学家、思想家。原名周树人，字豫才。浙江绍兴人。青年时代受进化论思想影响，1902年去日本学医，后弃医从文，企图用文学唤醒民族意识、改造国民精神。留学期间，发表了《摩罗诗力说》《文化偏至论》等重要论文。1918年5月，首次以"鲁迅"为笔名在《新青年》发表中国现代文学史上第一篇白话小说《狂人日记》，奠定了新文学的基石。其杂文文风犀利泼辣，有极强的战斗力和感染力，影响巨大，成为我国新文学史上特有的文学样式。先后主编《萌芽》《前哨》《译文》等重要文学期刊。一生著述丰富，现有《鲁迅全集》《鲁迅文集》等。

 包子老师说

鲁迅和许广平的通信选自他们的通信集《两地书》。鲁迅在该书的序言里说："这一本书，在我们自己，一时是有意思的，但对别人，却并不如此。其中既没有死呀活呀的热情，也没有花呀月呀的佳句；文辞呢，我们都未曾眼睛过'尺牍精华'或'书信作法'，只是信笔写来，大背文律，活该进'文章病院'的居多。"这些通信始于1925年，那时鲁迅已成为新文学的开拓者，而许广平则是他的学生，后因敬爱鲁迅而与之结婚。"小莲蓬而小刺猬"是鲁迅对许广平的昵称。全篇虽没有你侬我侬的缠绵情话，但并不缺少恋爱中

恋人分享点滴生活的甜蜜和私语，从中可窥见鲁迅并非是神一样的存在，他同样有着与常人一样的感情生活。我们于鲁迅信中向爱人吐露的心声中，可感知到他当时的处境、对现实社会的看法及不妥协的精神。

致母亲

　　母亲大人膝下敬禀者。去年十二月二十日的信，早已收到。现在是总算过了年三天了，上海情形，一切如常，只倒了几家老店；阴历年关，恐怕是更不容易过的。男已复原，可请勿念。散那吐瑾❶未吃，因此药现已不甚通行，现在所吃的是麦精鱼肝油之一种，亦尚有效。至于海婴所吃，系纯鱼肝油，颇腥气，但他却毫不要紧。

　　去年年底，给他照了一个相，不久即可去取，倘照得好，不必重照，则当寄上。元旦又称了一称，连衣服共重四十一磅，合中国十六两称（秤）三十斤十二两，也不算轻了。他现在颇听话，每天也有时教他认几个字，但脾气颇大，受软不受硬，所以骂是不大有用的。我们也不大去骂他，不过缠绕起来的时候，却真使人烦厌。

　　上海天气仍不甚冷，今天已是阴历十二月初一了，有雨，而未下雪。今年一月，老三那里只放了两天假，昨天就又须办公了。害马❷亦好，并请放心。

　　专此布达，恭请金安。

男树 叩上 广平海婴同叩。一月四日

---

❶ 散那吐瑾，德国柏林出产的补脑健胃滋补品。

❷ 在北京女子师范大学风潮中，许广平挺身而出，被校长杨荫榆视为"害群之马"，所以鲁迅戏称许为"害马"。

　　这是鲁迅在1936年的公历新年写给母亲的一封信。尽管不满母亲一手安排的婚事而一走了之，但鲁迅对母亲还是很孝顺的。他在北京买了一个四合院，把母亲及原配朱安接去同住。母亲爱看张恨水的言情小说，他就经常买来寄给她。海婴是他和许广平所生之子，母亲很牵挂这个孙子，因而鲁迅在信中详细地描述了海婴的近况。这封家信看似啰嗦，与惯常的犀利文风不同，实则尽显常人之情，让读者看到一个为人子、为人父的温暖的，更为生动的鲁迅。

致韦素园

素园兄：

三月卅日信，昨收到。L的《艺术论》，是一九二六年，那边的艺术家协会编印的，其实不过是从《实证美学的基础》及《艺术与革命》中各取了几篇，并非新作，也不很有统系。我本想，只要译《实证美学之基础》就够了，但因为这书名，已足将读者吓退，所以选现在这一本。

创造社于去年已被封❶。有人说，这是因为他们好赖债，自己去运动出来的。但我想，这怕未必。但无论如何，总不会还账的，因为他们每月薪水，小人物四十，大人物二百。又常有大小人物卷款逃走，自己又不很出书，自然只好用别家的钱了。

上海去年嚷了一阵革命文学，由我看来，那些作品，其实都是小资产阶级观念的产物，有些则简直是军阀（阀）脑子。今年大约要改嚷恋爱文学了，已有《惟爱丛书》和《爱经》豫告❷

---

❶ 创造社于1929年2月被国民党查封。这里说去年，当指夏历。

❷ 《惟爱丛书》和《爱经》豫告，1929年3月24日《申报》刊登《惟爱丛书》的出版广告，署"唯爱社出版"，已出"《女》《接吻的艺术》《爱的初现》《恋爱术》等二十种，世界书局发行"。在此前一日，该报还刊登《爱经》出版广告，署"罗马沃维提乌思作，戴望舒译著，水沫书店刊行，4月25日出版"，并有"多情的男女青年当读"等语。《爱经》是古罗马诗人奥维德的长诗，为古典文学作品。后来孔另境为出版《现代作家书简》征集鲁迅书信时，鲁迅经李霁野建议删去《惟爱丛书》和《爱经》豫告中的"和《爱经》"三字。

出现，"美的书店"（张竞生的）也又开张，恐怕要发生若干小Sanin[1]罢，但自然仍挂革命家的招牌。

我以为所谓恋爱，是只有不革命的恋爱的。革命的爱在大众，于性正如对于食物一样，再不会缠绵菲恻，但一时的选择，是有的罢。读众愿看这些，而不肯研究别的理论，很不好。大约仍是聊作消遣罢了。

迅 上 四月七日

包子老师说

这封信写于1930年。韦素园比鲁迅小近20岁，是鲁迅发起成立的未名社的重要成员之一。两人关系亲厚，通信很频繁。较之鲁迅与其他人的通信，我们可以明显感受到鲁迅写给韦素园的信甚少避忌，表达方式十分随便，多数是冲口而出的。可惜他英年早逝，鲁迅为其撰写了碑文，并写了《忆韦素园君》一文。

此封信谈了苏联著名文艺批评家卢那察尔斯基的《艺术论》的书名和编选情况、创造社被封之事、革命文学的问题，透露了很多信息。"L"即卢那察尔斯基，鲁迅和韦素园都翻译过他的文章。学者当时翻译苏联的书要冒很大的风险，而鲁迅与韦素园丝毫不惧，都具有非凡的胆识。写信当

---

❶ Sanin，沙宁。俄国作家阿尔志跋绥夫所作的长篇小说《沙宁》中的主人公，是个否定道德和社会理想，主张满足自身欲望的人物。

月，鲁迅所译的《艺术论》即将出版，因而鲁迅简单介绍了相关情况。创造社是由留日的郁达夫、郭沫若、成仿吾等人成立的一个文学社团，早期的文学主张是反对封建文化和复古思想，注重内心情感表达，文学风格比较唯美和浪漫；后期内部产生分化，郁达夫等受到批判，文学主张也变得极端、教条，提倡具有极"左"思想的"革命文学"，并错误地对鲁迅展开批判示攻击，因此属于"左联"❶的鲁迅与其产生了论争，轰动一时。该社于1929年被国民党查封。鲁迅虽与该社发生过争论，但持论公正，认为被封的原因不是有人说的"赖债"，而是国民党对于革命文学的压制，从中可见鲁迅的磊落；然而这并不等于他对创造社的人有好感，他还是对某些人"从不会还账的""又常有大小人物卷款逃走"等恶习进行了嘲讽。创造社和太阳社都曾提倡"革命文学"，因社址和主要成员在上海，鲁迅便以"上海"代之，信中提到的"上海去年曾嚷了一阵子革命文学"即指此。鲁迅极其敏锐地看到了当时"革命文学"偏理论宣传而无作品的缺陷，并具有前瞻性地指出未来的发展趋势"大约要嚷着恋爱文学"了，"但自然要挂着革命家的招牌"；后来的发展果如鲁迅所料，由此可见鲁迅具有敏锐的洞察力。信中，鲁迅毫不掩饰对这类"革命文学"的嘲弄，由此可见鲁迅与韦素园关系的密切。

❶ 左联，中国左翼作家联盟的简称，是中国共产党于20世纪30年代在中国上海领导创建的一个文学组织，目的是与中国国民党争取宣传阵地，吸引广大民众支持其思想。左联的旗帜人物正是鲁迅。

致萧军、萧红

刘吟先生：

两信均收到。我知道我们见面之后，是会使你们悲哀的，我想，你们单看我的文章，不会料到我已这么衰老。但这是自然的法则，无可如何。其实，我的体子并不算坏，十六七岁就单身在外面混，混了三十年，这费力可就不小；但没有生过大病或卧床数十天，不过精力总觉得不及先前了，一个人过了五十岁，总不免如此。

中国是古国，历史长了，花样也多，情形复杂，做人也特别难，我觉得别的国度里，处世法总还要简单，所以每个人可以有工夫做些事，在中国，则单是为生活，就要化去生命的几乎全部。尤其是那些诬陷的方法，真是出人意外，譬如对于我的许多谣言，其实大部分是所谓"文学家"造的，有什么仇呢，至多不过是文章上的冲突，有些是一向毫无关系，他不过造着好玩，去年他们还称我为"汉奸"，说我替日本政府做侦探❶。我骂他时，他们又说我器量小。

---

❶ 污蔑鲁迅为汉奸的事见上海《社会新闻》第七卷第十二期（1934年5月6日）署名"思"的《鲁迅愿作汉奸》一文。其中，诬蔑鲁迅"搜集其一年来诋毁政府之文字，编为《南腔北调集》，丐其老友内山完造介绍于日本情报局，果然一说便成，鲁迅所获稿费几及万元……乐于作汉奸矣"。

单是一些无聊事，就会化去许多力气。但，敌人是不足惧的，最可怕的是自己营垒里的蛀虫，许多事都败在他们手里。因此，就有时会使我感到寂寞。但我是还要照先前那样做事的，虽然现在精力不及先前了，也因学问所限，不能慰青年们的渴望，然而我毫无退缩之意。

《两地书》其实并不像所谓"情书"，一者因为我们通信之初，实在并未有什么关于后来的豫料的；二则年龄，境遇，都已倾向了沈静方面，所以决不会显出什么热烈。冷静，在两人之间，是有缺点的，但打闹，也有弊病，不过，倘能立刻互相谅解，那也不妨。至于孩子，偶然看看是有趣的，但养起来，整天在一起，却真是麻烦得很。

你们目下不能工作，就是静不下，一个人离开故土，到一处生地方，还不发生关系，就是还没有在这土里下根，很容易有这一种情境。一个作者，离开本国后，即永不会写文章了，是常有的事。我到上海后，即做不出小说来，而上海这地方，真也不能叫人和他亲热。我看你们的现在的这种焦躁的心情，不可使它发展起来，最好是常到外面去走走，看看社会上的情形，以及各种人们的脸。

以下答问——

1.我的孩子叫海婴，但他大起来，自己要改的，他的爸爸，就连姓都改掉了。阿菩是我的第三个兄弟的女儿。

2.会是开成的❶，费了许多力；各种消息，报上都不肯登，所以在中国很少人知道。结果并不算坏，各代表回国后都有报告，使世界上更明瞭了中国的实情。我加入的。

3.《君山》我这里没有。

4.《母亲》❷也没有。这书是被禁止的，但我可以托人去找一找。《没落》我未见过。

5.《两地书》我想东北是有的，北新书局在寄去。

6.我其实是不喝酒的；只在疲劳或愤慨的时候，有时喝一点，现在是绝对不喝了，不过会客的时候，是例外。说我怎样爱喝酒，也是"文学家"造的谣。

7.关于脑膜炎的事，日子已经经过许久了，我看不必去更正了罢。

我们有了孩子以后，景宋几乎和笔绝交了，要她改稿子，她是不敢当的。但倘能出版，则错字和不妥处，我当负责改正。

你说文化团体，都在停滞——无政府状态中……，一点不错。议论是有的，但大抵是唱高调，其实唱高调就是官僚主义。我的确常常感到焦烦，但力所能做的，就做，而又常常有"独战"的悲哀。不料有些朋友们，却斥责我懒，不做事；他

❶ 指世界反对帝国主义战争委员会组织的远东反战会议。1933年9月30日在上海秘密召开，主题是反对日本帝国主义侵略中国。到会的有英、法、比等国代表，鲁迅未能到会，但被选为大会主席团名誉主席之一。

❷ 《母亲》，高尔基著的长篇小说。

们昂头天外，评论之后，不知那里去了。

　　来信上说到用我这里拿去的钱时，觉得刺痛，这是不必要的。我固然不收一个俄国的卢布，日本的金圆，但因出版界上的资格关系，稿费总比青年作家来得容易，里面并没有青年作家的稿费那样的汗水的——用用毫不要紧。而且这些小事，万不可放在心上，否则，人就容易神经衰弱，陷入忧郁了。

　　来信又愤怒于他们之迫害我。这是不足为奇的，他们还能做什么别的？我究竟还要说话。你看老百姓一声不响，将汗血贡献出来，自己弄到无衣无食，他们不是还要老百姓的性命吗？

　　此复，即请
俪安。

迅上 十二月六日

　　再：有《桃色的云》及《小约翰》，是我十年前所译，现在再版印出来了，你们两位要看吗？望告诉我。又及

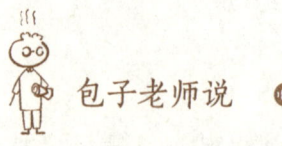

包子老师说

    萧军、萧红是经鲁迅提携而成名的两位作家。萧军原名刘鸿霖，萧红曾用笔名"悄吟"，因而信开头称"刘吟"。鲁迅帮助萧军发表了《八月的乡村》，帮助萧红发表了《生死场》，并特意为这部作品写了序。之后，他们便用书信往来，1934年萧军和萧红怀着激动、喜悦与不安的心情第一次见到鲁迅，回去后连给鲁迅写了两封信。这是鲁迅的回信，信写得谦和而诚恳，与给韦素园的回信风格完全不同，满是对青年作家的理解与关怀。

    萧军、萧红对鲁迅充满感激，极其爱戴他。此次见到的鲁迅与两人印象中的大不同。他们眼前的鲁迅只是个面容憔悴、态度温和的老头，并不见外界所传的戾气，对他人对鲁迅的污蔑及中伤深感不平。萧军、萧红无疑对鲁迅的一切都很感兴趣，包括家庭生活及个人习惯，这点从鲁迅的回信便可知一二。鲁迅与他们见面时正值大病初愈，未免憔悴，因而两人倍感悲哀。鲁迅回信安慰他们，表示这是"自然的法则"，并一一澄清了不实的谣言，连带对他个人生活的关注也耐心做了解答。二萧初来静不下心，无法工作，鲁迅给出建议，要他们静下心，多到社会上看看。他们想请许广平，即信中的"景宋"（许广平曾用笔名）对他们的文稿提一些修改意见，鲁迅委婉地回绝后，亲承"则错字和不妥处，我当负责改正"，由此看出鲁迅对青年作者不遗余力的帮助和扶持。不仅如此，二萧生活困窘，向第一次见面的鲁迅借了

20元，鲁迅毫不犹豫地将钱借给他们。萧军深感过意不去，觉得"刺痛"。鲁迅体贴地安慰他们，尽显长者的慈爱。

信在关爱萧军、萧红的同时，也透露出鲁迅的坚韧和不屈的精神；同时，为自己阵营里"蛀虫"的中伤和迫害而感到悲哀。信中并没有掩饰鲁迅的焦虑和孤独，对于萧军、萧红这样的青年人，鲁迅表现出了最大的真诚。

林觉民

禀父书

不孝儿觉民叩禀父亲大人：儿死矣，惟累大人吃苦，弟妹缺衣食耳。然大有补于全国同胞也。大罪乞恕之。

作者简介

林觉民（1887—1911），字意洞，号抖飞。福建人。中国民主先驱、革命党人、"黄花岗七十二烈士"之一。林觉民留学日本期间加入中国同盟会，1911年回国参加广州起义，转战途中因受伤被俘，后从容就义，年仅24岁。

 包子老师说 ⬤

这是林觉民1911年4月24日在香港写给父亲的一封信，同时还有写给妻子陈意映的《与妻书》，后者被编入现行高中教材。

林觉民是同盟会福建分会的骨干，1911年受同盟会派遣回到福建，负责联络革命党人，筹集经费，招募志士赴广州参加起义。参加起义前，林觉民回家探望了父母和妻子。当时，妻子陈意映已经身怀六甲，林觉民不忍心让妻子与父母伤心，于是对其隐瞒了将去参与广州起义的实情。广州起义的前三天，即4月24日，林觉民于香港滨江楼在一块白方巾上给妻子和父亲写了两封诀别信。起义失败后，有人在半夜秘密将这两封信塞进林觉民家门的缝里，第二天清晨家人才发现这两封信。信中一句"儿死矣"，悲怆而决绝。自古忠孝不能两全，信中有对父亲和家人的愧疚、心疼，更有为国捐躯的慷慨。英雄非无情，恰恰都是爱父母、爱妻儿兄弟深切之人。唯其如此，才懂爱同胞姐妹，才有舍小家为大家的无私无畏精神，而其舍生取义的壮举更显可贵与伟大。

陈寅恪

致傅斯年

孟真兄左右：

手示敬悉。所以稽迟未即奉复者，以尚未决计南行与否故也。今决计不南行，特陈其理由如下：

清华今年无春假，若南行必请假两礼拜，在他人，一回来即可上课，弟则非休息及预备功课数日不能上课，统合计之，非将至三礼拜不可。初意学生或有罢课之举，则免得多请数日之假，岂知竟不然，但此一点犹不甚关重要。别有一点，则弟存于心中尚未告人者，即前年弟发见清华理工学院之教员，全年无请假一点钟者，而文法学院则大不然。彼时弟即觉得此虽小事，无怪乎学生及社会对于文法学印象之劣，故弟去学年全年未请假一点钟，今年至今亦尚未请一点钟假。其实多上一点钟与少上一点钟毫无关系，不过为当时心中默自誓约（不敢公然言之以示矫激，且开罪他人，此次初以告公也），非有特别缘故必不请假，故常有带病而上课之时也。弟觉此次南行亦尚有请假之理由，然若请至逾二星期之久，则太多矣，此所以踌躇久之然后决定也。院中所寄来之川资贰佰元，容后交银行或邮局汇还。又弟史语所第一组主任名义，断不可再遥领，致内疚神明，请即于此次本所开会时代辞照准，改为通信研究员，不兼受何报酬，一俟遇有机会，再入所担任职务。因史语所既正式南迁，必无以北平侨人遥领主任之理，此点关系全部纲纪精神，否则弟亦不拘拘于此也。所欲言者尚多，特先约略奉复，即希鉴谅，并代候诸公，至深感幸。敬叩

撰安

弟寅恪顿首（一九三六年）四月八日

作者简介

陈寅恪（1890—1969），字鹤寿。江西修水县人。著名历史学家、古典文学研究家、语言学家，清华大学百年历史上的四大哲人之一，与吕思勉、陈垣、钱穆并称为现代中国史学四大家。先后任教于清华大学、西南联合大学、香港大学等。著有《隋唐制度渊源略论稿》《唐代政治史述论稿》《元白诗笺证稿》《金明馆丛稿》等。

 包子老师说

这封信写于1936年。陈寅恪与傅斯年是同窗，两人同在柏林大学读书。1928年，傅斯年担任中央研究院历史语言研究所所长，邀请陈寅恪担任历史组研究员兼主任之职，但陈寅恪拒绝了，他只想在清华教书。1936年，历史语言所南迁到南京，傅斯年又邀请陈寅恪赴南京参加"中研院"评议会之事，但陈寅恪不想因此事请假耽误几周的课，而兼任虚

职，实在不能真帮历史语言所做日常工作，于是给傅斯年写下了这封回信。信中讲到理工学院没有一个教员请一点钟的假，常有带病坚持讲课的；而文法学院却总有人请假，以致社会及学生对文法学院印象极差。在文法学院担任教员的陈寅恪舍不得请假，所以推辞了傅斯年的邀请。信中还说，另外因南迁，他之前所任历史所主任一职便无法实际尽责，所以退还薪资并辞谢此职，甘愿不领报酬改任通信研究员，并说"此点关系全部纲纪精神"。该信尽显一代学者崇高之风范，令人钦敬。

陶行知

致胡适

适之吾兄：

日前听说吾兄旧病复发，不胜悬念。人生第一要事是康健，第二要事是康健，第三要事是康健。学术不是一时研究得了的，学生也不是一时教得了的。先顾到身体，身体好了，再慢慢的去研究，慢慢的去教学，尽有机会。老兄倘使照现在这样牺牲下去，真是拿自己的性命和学术的前途做儿戏。我觉得休养并不是费时，现在用适当的方法休养几年，可以多做几十年的事业学问，与其把一切事业学问挤在几年内匆匆忙忙、劳劳苦苦的做了，何如把它们匀在几十年——六七十年——内，从从容容、舒舒服服的去干？照第二种方法，不但身体有无上的快乐，那时造就之大，贡献之宏，更是不可思议的了。

我现在要向兄提出一个最重要的建议，替老兄开一个百年康健的药方。我的三味药就是：（1）辞去大学教授；（2）停办《努力》；（3）带着图书家眷，搬到庐山去住。这就是我的三味药。若觉得生活太寂寞，那吗可以允许几位得意门生跟随入山。谈学也是好的。不过休养是主，谈学是宾，断不可喧宾夺主。如老兄赞同这个办法，庐山有一位小诗人刘廷蔚是我们的朋友，可以托他代兄安排一切。吾们都爱老兄，请兄听我们极诚恳的建议。

看书是如同吃饭一样的要紧，也是生活所必需的。有书自然要著，比如有块东西在肚子里想吐不吐，反要伤生。不过这两件事只是要有节制，并且要在好的环境里干的。我不劝你停止看书，也不劝你停止著书。在庐山的万松岭上著书，看书，是何等的快乐啊！庐山是一座诗山，山里充满了诗境，也得要像你这样的诗人去把他的精华开采出来。

十三年春

作者简介

陶行知（1891—1946），原名文濬，后改为知行，又改为行知。安徽歙（shè）县人。中国现代教育家，积极倡导和推行平民教育和生活教育。著作有《陶行知全集》。

 包子老师说

陶行知和胡适同是安徽人，同年出生，同年毕业于哥伦比亚大学，友谊笃厚。1917年他们从美国回来后，胡适在北京大学做教授，陶行知在南京高等师范学校做教授。后来，陶行知放弃高校优厚的待遇和社会地位，到农村去推行平民教育，两人走上了不同的人生道路。此信写于1924年，胡适旧病复发，陶行知半是戏谑半是认真地给老友开了"三味药"，核心是让胡适以休养为主。从这封信中可看出二人关系的密切。

胡 适

给儿子的信

祖望：

你这么小小年纪，就离开家庭，你妈和我都很难过。但我们为你想，离开家庭是最好办法。第一使你操练独立的生活；第二使你操练合群的生活；第三使你自己感觉用功的必要。

自己能照应自己，服事自己，这是独立的生活。饮食要自己照管，冷暖要自己知道。最要紧的是做事要自己负责任。你工课做的好，是你自己的光荣；你做错了事，学堂记你的过，惩罚你，是你自己的羞耻。做的好，是你自己负责任。做的不好，也是你自己负责任。这是你自己独立做人的第一天，你要凡事小心。

你现在要和几百人同学了，不能不想想怎么样才可以同别人合得来。人同人相处，这是合群的生活。你要做自己的事，但不可妨害别人的事。你要爱护自己，但不可妨害别人。能帮助别人，须要尽力帮助人，但不可帮助别人做坏事。如帮人作弊，帮人犯规则，都是帮人作坏事，千万不可做。

合群有一条基本规则，就是时时要替别人想想，时时要想想"假使我做了他，我应该怎样？""我受不了的，他受得了吗？我不愿意的，他愿意吗？"你能这样想，便是好孩子。

你不是笨人，工课应该做得好。但你要知道世上比你聪明的人多的很。你若不用功，成绩一定落后。工课及格，那算什么？在一班要赶在一班的最高一排。在一校要赶在一校的最高一排。工课要考最优等，品行要列最优等，做人要做最上等的人，这才是有志气的孩子。但志气要放在心里，要放在工夫里，千万不可放在嘴上，千万不可摆在脸上。无论你志气怎样高，对人切不可骄傲。无论你成绩怎么好，待人总要谦虚和气。你越谦虚和气，人家越敬你爱你。你越骄傲，人家越恨你，越瞧不起你。

儿子，你不在家中，我们时时想念你，你自己要保重身体。你是徽州人，要记得"徽州朝奉，自己保重"。

你要记得下面几件事：

（1）不要买摊头上的食物，微生物可怕！

（2）不要喝生水冷水，微生物可怕！

（3）不要贪凉。身体受了寒冷，如同水冰了不流，如同汽车上汽油冻住了汽车便开不动。许多病是这样来的。

（4）有病赶快寻医生。头痛是发热的表示，赶快试验温度表（寒暑表），看看有无热度。

（5）两脚走路觉得吃力时，赶快请医生验看，怕是脚气病。脚气病是学堂里常有的，最可怕，最危险。

（6）学校饮食里的滋养料不够，故每日早起须吃麦精一匙。可试用麦精代替糖浆，涂在面包上吃吃看。这几条都是很要紧的，千万不要忘记。

你寄信给我们，也须编号数，用一本簿子记上，如下式：

家信　苏州第一号　〇月〇〇日寄

　　　　苏州第二号　〇月〇〇日寄

你收的家信，也记在簿上：

爸爸　苏州第一号　八月廿七收

爸爸　苏州第二号　〇月〇〇日收

妈妈　第三号　〇月〇〇日收

　　儿子，不要忘记我们，我们不会忘记你。努力做一个好孩子。

　　　　　　　　　　　　爸爸　十八年八月廿六日夜

　　　　　　　　　　　　　　　（1929年8月26日）

作者简介

　　胡适（1891—1962），诗人、文史学家。学名洪骍，字适之。早年留学美国，毕业于哥伦比亚大学哲学系。1917年发表《文学改良刍议》，次年又发表《建设的文学革命论》。积极提倡白话文，在新文化运动中做出了重要贡献。提倡实验主义，提出"大胆的假设，小心的求证"的治学方法，在学术界颇有影响。一生在哲学、文学、史学等方面均有建树。著作有《中国哲学史大纲》《白话文学史》《胡适文存》等。现有《胡适散文》（四卷本）行世。

　　这封信写于1929年，是胡适写给儿子胡祖望的第一封信。胡适有次到苏州演讲，带着祖望住在朋友的学校里，祖望很喜欢那个学校。于是，胡适便决定让他上苏州沪江大学附中。当时的祖望年仅10岁就要离开父母，胡适特别牵挂，依依难舍之际写了这封充满感情的长信。信中叮嘱祖望关于饮食的注意事项，道出了万千父母对出门在外的子女的牵挂。当然，胡适教给孩子更多的还是独立生活后做人做事的原则。从中，我们可以窥见胡适的教育观和做人的原则。他认为独立生活是最好的锻炼孩子的方法。他告诉祖望要勇于承担责任，要合群，乐于助人，但不能帮人做坏事，要替别人着想等。最重要的是要做一个"有志气的人""最上等的人"，"但志气要放在心里，要放在工夫里，千万不可放在嘴上，千万不可摆在脸上"的人，并告诫孩子戒骄戒躁、低调谦虚。一学年后，小小年纪就离家的祖望成绩欠佳，胡适又给儿子写信："这样坏的成绩，你不觉得可耻吗？"并让他拿着成绩单与自己的信给老师看，向老师申请退出已报名的学校组织的旅游团，准备暑期补课。从信中我们可以感受到胡适是个严父。

许地山

给妻子周俟松的信

好妻子：

今早接到你三月十九底信，心花都开了。好妻子，我知道你苦闷，我应不离开你。以后若是要到别的地方去，一定和你同行。

此地一切均已就绪，不过时间太短，恐怕学不着多少。近几天来，每想燕京底事情，以后是靠不住的。"君子见机而作"，应当早想法子。哈佛燕京社底线，他们不拿来用在真正国学底研究上。我们几个人，除我懂外国话可以抬杠以外，其余颉刚、希白二位是不闻问底，所以我会成为他们底眼中钉。不晓得到什么时候，他们要开除我。这几天，我想到一个方法，就是自己找些钱，开个研究院……

寄去照片其中，一张是我底卧房，墙上挂着你底像，后面是我买底一个美女（画）。另二张是我在此校底膳堂里吃饭底样子。他们都坐在地上，用手抓饭吃。印度人吃饭，照例是脱衣服，赤脚。我底脚，比起他们底，是又小又白净。他们说我底脚像女人底一样（他们说美得像辫才天女底一样），但他们底女人底脚并不小，也不白净。膳堂底尽头便是厨房，你可以看见那厨子在地上烙饼，两张不同样，一张可以给文子，吃完，把盘子（请客时，用蕉叶，或别的大树叶）推进坐底方几里头，到外面洗手，吃槟榔。又一张是在澳门贾梅士纪念碑底下照的。贾梅士（Camoerns）是葡萄牙底最大诗人，明末到澳门来，在白鸽巢写他最伟大的The Jusiad。此诗为葡国最美的作品，所以欧洲名人，每到此瞻拜他底遗迹，石壁上刻了许多名人底题记。此片是给王克私先生底，请转给他。回家时，可以教给你洗像。（学费二百元，给得起吗？）

你底腿现在怎样啦，好了没有？我想原因是前几年在塘沽摔倒所致，并不关牙底事。英国近出了一种新药，名Elaito，专治腿痛，不晓得北京有卖底没有？如没有，可请蕙君写信到伦敦去买一瓶试试，或照底下拟底信寄（去略）。此药每瓶五先令，无邮费，故寄五先令便可以。药是内服，从血夜医治。到底怎样，我没见过。我在此，因为吃素底原故，没屙（ē）过血，痔疮也渐小了。我想以后，我不再食肉了，最多可以吃鸡子或肉汤。我已理会肉类对我底身体不合式。咱们都吃素，好不好？

地山 四月十五日

作者简介

许地山（1893—1941），名赞堃（kūn），字地山，笔名落花生。现代作家、学者。生于中国台湾，是新文学运动时期的主要作家、文学研究会发起人之一。作品多以东南亚为背景，深受佛教影响。有作品集《缀网劳蛛》《危巢坠简》《空山灵雨》等。

包子老师说

　　许地山与妻子周俟松十分恩爱，他曾对妻子说："泰戈尔是我的知音长者，你是我的知音妻子，我是很幸福的，得一知音可以无恨矣。"1934年，许地山在印度考察，其间与妻子书信不断，本篇是其中的一封。此信让我们看到了一个活泼生动的许地山，夸自己的脚"白净""美得像辩才天女底脚"，还戏谑地跟妻子要教洗像的学费。对妻子独自在家苦闷心情的理解，承诺以后两人同行及对买药之事的细细叮嘱，均可见许地山对妻子深挚的爱，夫妻之情甚笃可见一斑。

叶圣陶

致至善

至善：

中医研究院已去过。九点到达，号早已挂完。探询那位大夫，按其室而入，无其人，亦未知是适逢缺席，还是久已不上班。一封信当然无法投交。满看其他病号例须三大一往（改方或买药），觉得三天必跋涉长途一次有些吃不消，只好取消请那位大夫看病之望了。魏同志或将问起，只好以此相答。

你托带的一包破衣服，昨天由一位同志送来了。满不在，我出去招呼，他见我好像很熟，我倒不好意思请问贵姓了。其人精神饱满，身体壮健，据满猜测，大概是姓秦。不知对否。

昨天一早，满先到丁家，同乘车到八宝山开追悼会。部队中有百多人参加，颇有掉泪者。回来时往龙兄处，则知二嫂又有问题了。肺部有毛病，轻微作痛，经过透视，有一叶肺模糊不清。医断为这不是肺结核，而是肺部有疙瘩。曾三次把刚吐出的痰送去检验，虽然没发现癌细胞，但是还不能断定不是癌病。医生说如果是，就得动手术。这又是龙兄家的忧虑，也是满的忧虑。

因为三午近时到留守处去了两次，昨天留守处姓陈的同志来了电话。他说他去过"安办"了，"安办"说方在调查研究，将会通知兵团的。这与以前的回答差不多。

前天此间下了小雨，今天也有些小雨。据说郊区的井都干了，每人饮用水有限制，挑水灌溉饮用，成为严重的劳动。三午的密云朋友来说，那里的老人说，今春的旱和风是几十年间少见的。你那里风刮去草屋顶，密云则刮去了瓦屋顶。

由于天气不正常，大家都感觉身体不甚舒服。我又像被人家打了一顿似的，满子至美三午也说不舒服。

昨天张继元来，告诉我毛主席批的关于干部政策的四句话："职有所事，力有所用，病有所治，老有所安。"头一句是"因人设事"的反面，要为事择人。第二句要人尽其力，不要"有力无使处"。三四两句对老弱病残而言。第四句不用"养"字而用"安"字，是从"老者安之"来的，比"养"字更高一层。真是非常之好。不过要一层层落实贯彻，恐怕也不甚容易。

写到这里，你廿五夜的信准时到了。

你说九字句是二七式，我把贺的三首再看看，觉得还是四五式。也可以说他老先生本来是随便。论三首的意思，我不能说全懂。大概是组合前人的意思和现成语句以抒情。题为《将进酒》的一首颂扬饮酒。题为《行路难》的一首唯期取得眼前欢娱。另题调名《小梅花》的一首叙别情。"衰兰送客……"两句全抄李贺的诗句。此外从李白诗里来的似乎也有好些。我感兴趣的，如第二首开头，一个人具有搏虎之力，悬河之口，而仆仆道途求功名，坐的车像鸡窠（kē），拉车的马像狗：这样做两极端的对比，就见得其人其事之无聊。

你说周的《兰陵王》里的"长亭路"三字，不要更好。我翻出看一遍，觉得对。至于蒋竹山的"断雁叫西风"，你说"断岸"比"断雁"好。我说如果用了"断岸"，那么"叫"的只能是"西风"了，而"西风叫"是不好的。你看如何？

今天至美来，把她的照相机带来了。但是天气阴沉，不宜拍照。至早要下个星期日（六月四日）才能拍，因为唯有星期日两个孩子才能拍在一块儿。假如到那天拍成功，印出来寄到你处，总要在下月十日前后了。满要我说一声，望你不要性急。

今天阿妹带了小女孩山红来了，她与江修两个约好，江修两个也来了，都在我家吃午饭。阿妹来了已有十多天，为的是给山红看病（吃不下东西，面黄肌瘦）。为了便于到301医院，故而住在车道沟。医院查不出孩子的病，说各部分都好，也就只好算了。阿妹说冬官之调往陕西，也是受人家的欺。是别人调往冬官现在的单位，管事的做手脚，把冬官的名字换了那人的名字。还有，现在车道沟的单位之设立，是林派的擅作主张。我也弄不大清楚，总之，冬官现在正设法调回北京，据称是有望的。过几天，冬官自己要来北京，打探这件事。

此刻又听三午说，天津现在也限制饮用水了。天津饮水原来靠密云水库，现在为了保证北京之用，密云水库就不供应天津了。

再说贺先生。我与你去贺家之后。我又去过两次。前一次去，贺先生为气管炎住院，没有遇见。上星期再去，贺先生回家了。小便带血的原因已经查明，是前列腺的毛病，正在注射一种药物，以为治疗。他的形貌更难看了，颧（quán）颊尖，下巴尖，眼凹陷，面色也不正常。但是他还做一些工作，参加校读郭沫若的通史。同事的人隔些日子到他家来共同讨论，他是没法出去了。取消人力三轮车，确也有人很受影响。

前天去看叔湘平伯。平伯从前被抄去的书和字画都送还了，乱七八糟，堆得各处都是，整理既不容易，整理好了也没处安放。学部正在设法，希望弄还老君堂的房子，而平伯却并不喜爱老君堂的老房子。

这回的信一共四张，大概有三千字，够你看的了。而我没有事，徐徐写信也就是过日子。

圣 五月廿八日下午七点半写完

作者简介

叶圣陶（1894—1988），名绍钧，字秉臣，后改字圣陶。中国作家、教育家。江苏苏州人。早年当过小学教师，后致力于文学创作。1921年曾与茅盾等发起组织文学研究会。1923年起从事编辑出版工作，曾任商务印书馆编译所和开明书店编辑。主编有影响力的《小说月报》。一生著述丰富，其散文、童话、小说，在我国现代文学史上都占有重要地位。著有《叶圣陶散文甲集》《叶圣陶散文乙集》《叶圣陶文集》等。

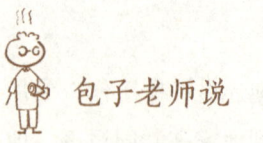

  这是叶圣陶晚年写给儿子叶至善的一封家信。叶至善自幼受父亲的熏陶和教导,后成为著名的少儿科普作家。曾任中国少年儿童出版社社长,《中学生》杂志的总编辑。1969年,叶至善随团中央到河南潢川干校,历时3年。父子远隔千里,只能用书信联系,来往书信有几百封,这是其中的一封,这封信的写作时间距离叶至善回北京的时间很近。信中的"满"是叶至善的夫人夏满子,"三午"是叶至善的长子,他当时在密云林场当工人。龙兄是夏满子的二哥夏龙文,叶圣陶称之为"龙兄"。"冬官"是叶圣陶的外甥。信中具述生活琐事,足现人之常情,由此可见叶老在生活中的另一面。信在私人化的生活细事的介绍中兼及社会现实,如几十年没有的干旱,保证北京用水,天津限制饮用水,车道沟的单位是林彪一派擅自搞的,冬官的工作被人调了包,贺先生病痛缠身仍在工作,红学家俞平伯曾被抄去的字画虽归还但已无处安放等,在客观上具有一定的史料价值。父子两人在信中时常探讨文学创作,此信关于诗词的讨论可见叶圣陶深厚的积淀和极高的文学素养,也由此看到两代文坛大家于文学创作上的真知灼见及孜孜不倦的探求精神。

与佩弦

　　每回写信去，总问几时来到上海，觉得有许多的话要向你细谈。你来了，一遇于菜馆，再见于郑家，三是你来我家，四呢，便是送你到车站了。什么也没有谈，更说不到"细"，有如不相识的朋友，至多也只是"颠头朋友"那样子，偶然碰见，说些今天到来明天动身的话以外，就只余默默地了。也颇自为提示，正是满足愿望的机会，不要轻易放过，这自然要赶快开个谈话的端，然后蔓延不断地讲下去才对。然而什么是端呢？我起始觉得我所怀的愿望是空空的，有如灯笼壳子，我起始懊悔平时没有查问自己究竟要同你细谈些什么。端既没有，短短的时光又如影子那样移去无痕，于是若有所失地，又"天各一方"了！

　　过几天后追想，我所以怀此愿望，以及未得满足而感失望，乃因前次晤谈曾经得到愉悦之故。所谓愿望，实在并不是有这样的话非谈不可，只是希冀再能够得到从前那样的愉悦。晤谈的愉悦从那里发生的呢？不在所谈的材料深微或伟大，不在究极到底而得到结论（这些固然也会发生愉悦但不是我意所在），乃在抒发的情意，如闲云之自来，印证的密合，如呼吸之相通。如你所说的：

　　……促膝谈心，随兴趣之所至。时而上天，时而入地，时而论书，时而评画，时而纵谈时局，品鉴人伦，时而剖析玄理，密诉哀曲……

可谓随意之极致了。不比议事开会，即使没法解决，也总要勉强作个结论，又不比登台演说，虽明知牵强附会，也总要勉强把它排成章节。能说多少，要说多少，以及愿意怎样说；完全在自己的手里，丝毫不受外面的牵制。这当儿，名誉的心是没有的，利益的心是没有的，顾忌欺诳等心也都没有，只为着表出内心而说话，说其所不得不说。在这样的进程中随伴地感着一种愉悦，其味甘而永，同于艺术家制作艺术品时所感到的。至于对谈的人定是无所不了解，无所不领会，真可说彼此"如见其肺肝然"的。一个说了这一面，又一个推阐到那一面，一个说如此如此，又一个从反面证明决不如彼如彼，这见得心与心正共鸣，合为妙响。是何等的愉悦！就是一个说如此，又一个说不然，一个说我意云尔，又一个说殊觉未必；因为没有名誉利益等等的心在里头作祟，所以羞愤之情是不会起的，驳诘到妙处，只觉得共同寻到胜地的样子，愉悦也是共同的。

这样的境界是可以偶值而不可以特辟的。如其写个便条说"月之某日，敬请驾临某地晤谈，各随兴趣之所至，务以感受愉悦为归"，到那时候，也许因种种机缘的不凑合终于没有什么可说，兴味索然的，就如我希望你来上海，虽然不曾用便条相约，却颇怀着写便条的心理。而结果如何？不是什么也没有谈，若有所失地，又"天各一方"了么！或在途中在斗室，或在将别以前的旅舍，或在久别初逢的码头，各无存心，随意倾吐，不觉枝蔓，实已繁多。忽焉想起，这不已沈入了晤谈的深永的境界里么，于是一缕愉悦的心情同时涌起，其滋味如初泡的碧螺春。回味适才所说，——隽永可喜，这尤其与茶味的比喻相类。但是，逢到这种愉悦初非意料的。那一年的岁尽日，与你同在杭州的晚间起初觉得无聊，后来不知谈到了什么，兴趣好起来了，彼此都不肯就此休歇，电灯息了，点起白蜡烛来。离开了憩坐室来到卧室里，上床躺着还是谈话，两床中间是一张双抽屉的桌子，桌子上是两枝白蜡烛。后来你看时计，你说一首小诗作成了，念给我听，是

> 除夜的两枝摇摇的白烛光里，
> 我眼睁睁瞅着
> 一九二一年轻轻地趓（xué）过去了。

你每次来上海总是慌忙的。颧颊的部分往往泛着桃花色；行步急遽，仿佛有无量的事务在前头；而遗失东西尤为常事，如去年之去，墨水笔同小刀都留在我的桌上。其实岂止来上海时，就是在学校里，课前的预备，我见你全神贯注，表现于外表的情态是十分紧张；及到下课，对于讲解的回省，答问的重温，又常常红涨着脸。你欢喜用"旅路"这类的词儿，我想借用周作人先生称玉诺的"永远的旅人的颜色"一语来形容你慌忙的神气，可谓巧合。我又想，可惜没有到过你的家里，看你辞别了旅路而家居的时候是不是也这么慌忙的。但我想起"人生的旅路"的话时，就觉得无须探看，"永远的旅人的颜色"

大概总是"永远的"了。

你的慌忙，我以为该有一部分的原因在你的认真。说一句话，不是徒然说话，要掏出真心来说；看一个人，不是徒然访问，要带着好意同去；推而至于讲解要学者领悟，答问要针锋相对：总之，不论一言一动，既要自己感受喜悦，又要别人同沾美利。（你从来没有说起这些，自然是我的揣度，但我相信"虽不中不远矣"。）这样，就什么都不让随便滑过，什么都得认真。认真得利害，自然见得时间之暂忽。如何教你不要慌忙呢！

看了你的《"海阔天空"与"古今中外"》一文的人，见你什么都要去赏鉴赏鉴，什么都要去尝尝味儿，或许要以为你是一个工于玩世的人。这就错了！玩世是以物待物，高兴玩这件就玩这件，不高兴则丢在一旁，态度是冷酷的。而你的情形岂是这样呢！你并非玩世，是认真处世。认真处世是以有情待物，彼此接触，就交付以全生命，态度是热烈的。要讲到"生活的艺术"，我想只有认真处世的才配；"玩世不恭"，光棍而已，艺术家云乎哉！——这几句就作你那篇文字的"书后"，你以为用得着么？

这回你动身，我看你无改慌忙的故态。旅馆的小房间里，送行客随便谈说，你一壁听着，一壁检这件，看那件，似乎没甚头绪的模样。馆役唤来了，教把你新买的一部书包在铺盖里，因为箱子网篮都满满了。你帮着拉毯子的边幅，放了一边又拉一边，更有伯祥帮着，但结果止打成个"跌尸さ铺盖"。

于是你把新裁的米通长衫穿起来，剪裁宽大，使我想起法师的道袍；你的脸上略带着小孩子初穿新衣那样的骄意与羞惭。一行人走出旅馆，招呼人力车，你则时时回头向旅馆里面看。记认耶？告别耶？总之，这又见得你的"认真"了。

在车站，你怅然地等待买票，你来回找寻送行李的馆役，在这黄昏的灯光和朦胧的烟雾里，"旅人的颜色"可谓十足了。这使我想起前年的这个季候在这里送颉刚。颉刚也是什么都认真的，而在行旅中常现慌忙之态，也同你一样。自从这一回送别之后，还不曾见过，我深切地想念他了。

几个人着意搜寻，都以为行李太重，馆役沿路歇息，故而还没送到。那知他们早已到了，就在我们旋旋转的那块地方的近旁。这可见你慌忙得可以，而送行人也不无异感塞住胸头。

为了行李过磅，我们同看那个站员的鄙夷不屑的嘴脸。他没有礼貌，没有同情，呼叱般喊出重量同运费的数目。我们何暇恼怒，只希望他对于无论什么人都是这样子，即使是他的上司或洋人！

幸而都弄清楚了，你的两手里只余一只小提箱和一个布包。"早点去占个坐位吧"，大家对你这样说。你答应了，颠头，欲回转身，重又颠头，脸相很窘地踌躇一会之后，你似乎下了大决心，转身径去，头也不回。没有一歇工夫，你的米通长衫的背影就消失在站台的昏茫里了。

一九二五年九月

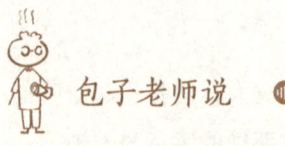

　　佩弦即朱自清，两人在文学活动中认识，并结下了深厚的情谊。这封信发表于1925年的《文学周报》，可作为散文来欣赏。书信叙述了叶朱二人交往的细枝末节，情真意切，细腻入微。作者着重描写了朱自清的认真，因认真而显得事事慌忙。作品由盼见面、有许多话要说而见面后却未及详谈的遗憾写起，宕（dàng）开一笔，谈到晤谈的妙处，写到与朱自清一次偶得的兴味浓厚的晤谈，最后以朱自清的诗收束，使文章富有情采。文中对朱自清慌忙的个性的描写细致入微，生动可感，读者读后有如亲见。从而可见叶圣陶知朱自清之深。

徐悲鸿

给齐白石的信

白石先生：

　　兹着人送上清江鲥（shí）鱼一条，粽子一包，并向先生拜节。鲥鱼请嘱工人不必去鳞，因鳞内有油，宜清蒸，味道鲜美。敬祝节禧。

廖静文　徐悲鸿

五月初四

作者简介 ···

　　徐悲鸿（1895—1953），原名徐寿康。江苏宜兴人。著名画家、美术教育家。徐悲鸿曾留学法国，归国后长期从事美术教育。先后执教于国立中央大学艺术系、北平大学艺术学院，中华人民共和国成立后任中央美术学院院长。擅长人物画、花鸟画、走兽画，尤擅长画马。主张现实主义，将国画改革，融入西画技法，所作国画彩墨浑成，独树一帜。强调作品的思想内涵，对中国画坛产生极大影响。

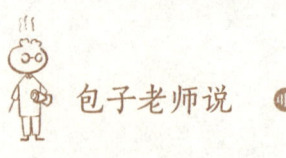

　　徐悲鸿对齐白石有知遇之恩。当初，齐白石的画不被主流画坛接受，他仅靠卖画的微薄收入谋生，生活拮据。徐悲鸿却很欣赏齐白石的画，曾"三顾茅庐"聘请对方到北平大学担任教授，其后不遗余力地向世人推荐齐白石的艺术，购藏其书画精品，为其出版画集。齐白石认徐悲鸿为人生最重要的知己，感叹"生我者父母，知我者徐君"。徐悲鸿不但在画作上鼎力支持、帮助齐白石，在齐白石晚年更是无微不至地照料他的家事。这封拜节信即是很好的体现。信写于1950—1953年之间的某个端午节前夕。内容大概是第二天要过节了，所以夫妻俩送上一条鲥鱼和一包粽子给老先生拜节，以表心意。在物资匮乏、交通不便的20世纪50年代初，这条"鲥鱼"十分珍贵。鲥鱼是溯河产卵的洄游性鱼类，因每年定时在初夏时候入江，其他时间不出现，因此得名。因其肉质细嫩、味鲜异常，在古代为纳贡之物。徐悲鸿不但送上珍贵的鲥鱼，而且细心地告之做法，对齐白石的关爱之深、关爱之细致可见一斑，令人动容。

高君宇

与石评梅的信

评梅先生：

十五号的信接着了，送上的小册子也接了吗？

来书嘱以后行踪随告，俾（bǐ）相研究，当如命；惟先生谦以"自弃"自居，视我能责如救济，恐我没有这大力量罢？我们常通信就是了！

"说不出的悲哀"，这恐是很普遍的重压在烦闷之青年的口（笔）下一句话罢！我曾告你我是没有过烦闷的，也常拿这话来告一切朋友，然而实际何尝是这样？只是我想着：世界而使人有悲哀，这世界是要换过了；所以我就决心来担我应负改造世界的责任了。这诚然是很大而烦难的工作，然而不这样，悲哀是何时终了的呢？我决心走我的路了，所以，对于过去的悲哀，只当着是他人的历史，没有什么迫切的感受了，有时忆起些烦闷的经过，随即努力将他们勉强忘去了。我很信换一个制度，青年们在现社会享受的悲哀是会免去的——虽然不能完全，所以我要我的意念和努力完全贯注在我要做的"改造"上去了。我不知你为何而起了悲哀，我们的交情还不至允许我来追问你这样，但我可断定你是现在世界桎梏下的呻吟呵！谁是要我们青年走他们烦闷之路的？——虚伪的社会罢！虚伪成了使我们悲哀的原因了，我们挨受的是他结下的苦果！我们忍着让着这样唉声叹气了去一生吗？还是积极的起来，粉碎这些桎梏呢？都是悲哀者，因悲哀而失望，便走了消极不抗拒的路了；被悲哀而激起，来担当破灭悲哀原因的事业，就成了奋斗的人了。——千里程途，就分判在这一点！评梅，你还是受制□□运命之神吗？还是诉诸你自己的"力"呢？

愿你自信：你是很有力的，一切的不满意将由你自己的力量破碎了！过渡的我们，很容易彷徨了，像失业者踯躅在道旁的无所归依了。但我们只是往前抢着走罢，我们抢上前去迎未来的文化罢！

好了，祝你抢前去迎未来的文化罢！

君宇 静庐

一六，四，一九二三[1]

作者简介

高君宇（1896—1925），名尚德，字锡三。中国共产党早期领导人之一。五四运动时为北京大学学生组织负责人之一。1920年与邓中夏等人组织成立了北京大学马克思学说研究会，1921年加入中国共产党。还是中国共产党第二届中执委委员。代表中国共产党参加了在苏联召开的共产国际会议。1923

---

[1] 此信末尾所写的年份原笔画辨识有不同的理解，有的地方报刊录为一九二一年，有的录为一九二三年。从内容看，此信为高君宇、石评梅相识不久，但尚未提及爱情问题时所写较为可信，暂录为一九二三年，确切解释待考。信中字迹难辨认处用""。

年，在京汉铁路工人大罢工运动中，领导了长辛店工人的罢工斗争。1924年受党的委派担任孙中山的秘书。1925年病逝于北京。

包子老师说

　　高君宇曾热烈追求过石评梅，但石评梅一直没有给予他肯定的答复。高君宇因病去世后，石评梅追悔莫及，开始书写大量的缅怀文章，从而她与高君宇之间的故事也为更多人所知。高君宇去世3年后，石评梅也因病去世，她葬于陶然亭公园高君宇墓旁。

　　高君宇生前给石评梅写过很多信，这是迄今见到的最早的一封。高君宇在给石评梅写这封信的时候，石评梅正处于失恋状态，常常笼罩在一种"说不出的悲哀"之中。高君宇在信中鼓励她鼓起勇气，积极投身于迎接新文化、改造旧世界的斗争中去，从字里行间中流露出担当"改造世界的责任"的革命豪情。

　　从这封信中，我们可以了解到高君宇对历史、对未来的理解，感受到他对革命坚定的信念，对改造世界的热忱。

郁达夫

致奶奶

奶奶：长久勿见面了。想想看，实在是想归来。因为夏天路上勿好走，并且回来了之后，又要到日本来，恐怕到了那时候，奶奶又要酸心，所以勿回来了。

……

奶奶无钱使用，我也知道。但是我在日本，寄钱又寄不来，并且我也没有多少钱好寄与奶奶。我虽然为奶奶伤心，然而也不能为奶奶出力。

……

今年大哥似乎要想回家，到了大哥将要回家的时候，我教大哥私下交付五十块钱与奶奶就是了。

……

奶奶顶好勿要管母亲的事体，随她去说长也好，说短也好，总教装聋装哑，勿去听她就是。

作者简介

郁达夫（1896—1945），名文，字达夫。浙江富阳人。现代作家。早年留学日本，其间与郭沫若、成仿吾等一起创办了"创造社"，为骨干成员。1921年出版中国现代文学史上

第一部短篇小说集《沉沦》，反响巨大。1922年起主编《创造季刊》。曾先后在北京大学、武昌大学、中山大学等校任教。1930年与宋庆龄等发起成立中国自由运动大同盟。抗日战争时期，在新加坡主编《星洲日报·文艺副刊》，积极从事抗日宣传工作，曾任新加坡华侨抗敌委员会执行委员兼文化界抗日联合会主席。1945年8月29日（时日本已投降）在苏门答腊被日本宪兵杀害。主要著作编为《郁达夫文集》。

 包子老师说 ━━━━━━━━━━━━

　　这封信是1916年郁达夫留学日本时写给奶奶的。郁达夫与奶奶感情很深，在《自传》中曾说"祖母为忧虑着我这一个最小的孙子，也将离乡别井，远去杭州之故，三日前就愁眉不展，不大吃饭不大说话了"。奶奶不识字，因此郁达夫特意将此信写成富阳通俗白话，这样她就能听懂了（信需要别人念给她听）。信里，他心疼奶奶没钱自己又无能为力，只好嘱咐同在日本的大哥私下给奶奶50元钱（郁达夫留学的费用还是其兄所出）以慰老人。

　　郁达夫的母亲管家，常有很多强硬措施，因此郁达夫嘱咐奶奶只管"装聋作哑"，不要管母亲的事。郁达夫二哥的婚姻是母亲包办的，他与妻子没有感情，结婚时被母亲锁在屋内，第二天便跑了。郁达夫看到二哥颇为不幸的夫妻关系，生怕自己的婚姻步其后尘，情愿"不娶老婆，做孤老头子"，或者去修行念佛。这其实也是对母亲替二哥包办婚姻的一种无奈的反抗。

给郭沫若的信（节选）

沫若：

　　这一回的南下，表面上虽则说是为收拾周报，和商议与太平洋杂志合作的事情而去，但我的内心，实际上想上那边去看看，有没有机会，可以使我脱离这万恶贯盈的北京，而别求生路，殊不知到上海一看，我的半年余的出亡，使我的去路，闭塞得比茑萝行时代更加绝望。不但如此，且有几个寄生在资本家翼下，一边却在高谈革命建国的文人，和几个痛骂礼拜六派的作品，而自家在趣味比礼拜六更低的杂志上大作文章，一面又拉了不愿意的朋友，也在这新礼拜六上作小说的方言学者，正在竭力诋毁我和你和仿吾。我看看这种情形，听了些中国文坛上特有的奇闻逸事，觉得当上车时那样痛恨的北京城，比卑污险恶的上海，还要好些。于是我的不如归去的还乡高卧的心思，又渐渐的抬起头来了。

　　到家的头两天，总算快乐得很，亲戚朋友，相逢道故，家庭之内，也不少融融之乐。好，到了第三天，事就发生了。

　　总之是我的女人不好。那一天晚上吃夜饭的时候，我在厅前陪母亲多喝了一杯酒，所以母亲与我都是很快乐的在灯前说笑。我的女人在厨下吃完了晚饭，也抱了龙儿——我的三岁的小孩——过来，和我们作一起。那时候我和母亲手里正捏了一张在北京的我的侄儿的穿洋服的照片在那里看。我的女人看了照片上的侄儿的美丽的小洋服——侄儿也三岁了——赞美得了不得，便顺口对龙儿说了一句笑话说：

"龙！你要不要这样的好洋服穿！"

早熟的龙儿，虽然话也讲不十分清楚，但虚荣心却已经发达，听了他娘的这句话，便连声的嚷要！要！要！我也同他开玩笑，故意的说了一声"没有！"可怜的这小孩，以为我在骂他，就放声大哭起来。我们三人——母亲和我和我的女人——用尽种种手段，想骗他不哭，但他却不肯听往。平时非常钟爱他的我的老母，到了后来，也生了气，冷视了他一眼说：

"你这孩子真不听话，穿洋服要前世修来的呀，那里恶诈就诈得到的呢？你要哭且向你爸爸去哭，我是没有钱做洋服给你穿！"

讲完了话，母亲就走开了。我因为这孩子脾气不好，心里早已觉得不耐烦，及听了母亲的话，更觉得十分羞恼，所以马上就涨红了脸，伸出手去狠命的向他的小颊上批了两下。粉白的小脸上立刻即胀出了几个手指红印来，他的哭声，也一时狂叫了起来。母亲听了他的狂叫的哭声，赶进来的时候，我的女人已经流了一脸眼泪，伏着背把龙儿搂在怀中在发着颤声的安抚他说：

"宝，心肝肉，乖宝……不哭吧……娘不好……噢！娘……娘不好……噢！总是娘说了一声不好……"

我的女人抱他上楼去后半天，他睡着了方才不哭。后来我上楼去睡的时候，我的女人还含了眼泪，呆坐在床沿上，在守着他睡觉。我脱下了夹衫摸进床去，抱他到灯下来看时，见他的脸红肿得比被打的时候更厉害。我叫我的女人拿开香粉盒来，把他的伤痕上敷上些香粉，她只默默的含着深怨对我看了一眼。我当时因为余怒未息，并且同时心里又起了一种不可名状的后悔，所以就放大了喉音对我女人喝了一声说：

"你怎么不站起来拿！"

手里的龙儿，被我惊醒，又哭了起来。我的女人，急促的闭了一闭眼睛，洒出了两大颗泪滴，马上把香粉盒拿出来放在桌上，从我手里把龙儿夺了过去，而且细声的对我说：

"我抱着，你敷罢！"

这话还没有说完，她又低了头宝宝心肝的叫起来了。我一边替龙儿擦眼泪敷粉，一边心里却在对他央告：

"宝！别哭吧！爸爸不好，爸爸打得太重了，乖宝，别哭吧！都是爸爸不好，没有能力挣钱做洋服给你穿。"

这心里的央告，正想以轻微的语言说出来的时候，我的咽喉不知怎么的也梗塞住了，同时鼻子也酸了起来。这事件以后的第三天，上海的某书肆忽而寄来了一封挂号信和一篇小说的原稿，信上说：

"已经答应你的稿费一百元，因为这篇小说描写性欲太精细了，不能登载，只好作为罢论。以后还请先生赐以另外的稿子，本社无任欢迎。"

信上的言语虽然非常恭敬，但我非但替小孩做洋服的钱，和在家里的零用钱落了空，就是想再出到北京上海来流离的路费也没有了。像这样的情形的故乡，当然不能久住，第二天我把我的女人所有的高价的衣服首饰，全部质入了当铺，得了百余块钱，再出奔至上海。我的女人和龙儿，送我上船的时候，都流着眼泪哭了。但龙儿这一回的哭却不是因为小脸上的痛，虽则他的创痕还没有除去。

重到上海，和仿吾玩了二天，因为他也正在筹划旅费，预备到广东去，所以第二天的晚上我就乘了夜快车回到北京来了。啊啊！万恶的首都，我还是离不了你！离不了你！

这一次到北京之后，已经差不多有两个半月的时间，但这两个半月中间，除为与太平洋杂志合作事，少行奔走外，什么事情也不做，什么书也不读，一半大约也因为那拿衣服首饰换来的一百块钱消费得太快，而继续进来的款子没有的原因。啊啊！沫若，再见吧！

一九四二年七月二十九日北京

 包子老师说 ⬤ ···

郭沫若与郁达夫是挚友，两人曾一起发起成立了"创造社"。信中，郁达夫向挚友谈及在上海生活的情形，尤其将

家庭生活写得非常细致，完全可以当作小说来读。郁达夫曾因作品抒写自我而受到批判，加之大半个中国被日本占领，有着强烈爱国热情的郁达夫于信中流露出苦闷情绪，一半缘于时局，一半缘于文人们的互相攻讦（jié）。对家庭生活的细致描述，透露出笔者的心酸和无奈，也只有在挚友面前，他才会毫不避讳地道出自己的窘迫和内心的矛盾。

致戴望舒

望舒兄：

自从前次发信以后，到现在又将一个月了吧。文虎先生，这时候已在归星的途中，大约再过三两天，就可以看到他的慈和的笑容了。我们这里因为××有大举南侵的谣言，当地政府，也在弯弓盘马，充实军备；马来半岛北部的重镇槟城，调驻了大兵。岛上居民，在预备积贮粮食，防空演习的灯火管制，前月已施行了一次，本月十六日，更将大规模地举行。约翰·婆儿究竟是在滑铁卢献过身手的好汉，抗议不成，自然要诉之于直接有效的办法。抵制劣货，恐怕在最近就要见诸施行。我们这里不吃鱼腥，已将两月，为的是怕劣货混入市场，婆妈贪便宜去买仇货。从这种种方面看来，××的坟墓，似乎将从两广西江流域筑起，一直到陕西的南部，湖北湖南的西部为止；将来复兴建设动工的时候，工人恐怕要多做几万工挖掘××骨头的工作。我对于第二期抗战的观察，曾在这里写过一篇短论，自以为观察得并不十分错，原文另附，你们若有机会，可以转载一下。

到了此地以后，杂文写了不少，但纯粹的创作，却终于没有工夫动手，内部虽则感到很激烈的冲动，但时间终于是没有。

文艺半月刊，决计于三月底边发行，你若有译稿，也好，请寄一点来。另外，如杜衡诸兄，有工夫写创作，亦请他写一点如何？犹太人被迫出境，路过星洲的人也很多，香港大约总也有不少吧？我现在正在译一篇伦敦《美考利》二月号上的关于德国流亡作家的文字。

达夫上

三，四日

 包子老师说 ⅰⅰ⋯⋯⋯⋯⋯⋯⋯⋯⋯⋯⋯⋯⋯⋯⋯⋯⋯⋯

　　1938年，郁达夫应邀前往新加坡，担任《星洲日报·文艺副刊》主编。当时的南洋，侨众虽有高涨的爱国热情，文化领域却如沙漠一般。富于理想主义色彩和英雄主义情怀的郁达夫一心想要在这片"沙漠"上建立一座海外文化中继站，"把南洋侨众的文化和祖国的文化来一个有计划的沟通"。他先后主持了《星洲日报》早报副刊《晨星》和晚报副刊《繁星》的编辑工作，接编创办了多种报纸和杂志。这些报刊几乎成了宣传抗战的阵地。在新加坡的三年间，他写了四百多篇政论、杂文、散文和文学评论，推动了新加坡文化界的抗日活动。

　　信中的"星""星洲"即指新加坡。该信写于1939年3月，郁达夫到新加坡的第二年。他与戴望舒是同乡，也是好友，而且声气相通。抗日战争爆发后，戴望舒到香港主编

《星岛日报》副刊《星座》，即约请郁达夫为主要撰稿人。郁达夫在新加坡主编《星洲日报》，与戴望舒遥相呼应，副刊《晨星》《繁星》的刊名也与其主编的《星座》有关联，两人一个在香港，一个在新加坡，为抗战共同呐喊。这封信一方面介绍了新加坡的形势，另一方面是约稿；同时让戴望舒约请另外的友人杜衡写点东西。郁达夫为了办报，曾向国内好友及众多作家约稿。由此可见，他不仅具有理想和情怀，更有脚踏实地的实干精神，不遗余力地为抗战呐喊，甚至为此献出了自己的生命，可敬可叹！

傅斯年　李济

致于右任

右任先生院长赐鉴：

　　去年年底，济接四川省立博物馆馆长冯汉骥、华西大学博物馆馆长郑德坤两君联名一函，谓卫聚贤君自敦煌考古归来，在成都公开讲演，有云：敦煌千佛洞现尚保有北魏、隋、唐、宋、元、明、清历代壁画，张大千先生刻正居石室中临摹。惟各朝代之壁画，并非在一平面之上，乃最早者在最内，后来之人，于其上层涂施泥土，重新绘画。张大千先生欲遍摹各朝代人之手迹，故先绘最上一层，绘后将其剥去，然后又绘再下一层，渐绘渐剥，冀得各代之画法。冯、郑二君认为张先生此举，对于古物之保存方法，未能计及。盖壁画剥去一层，即毁坏一层，对于张先生个人在艺术上之进展甚大，而对于整个之文化，则为一种无法补偿之损失，盼教育部及中央古物保管委员会从速去电制止。斯年等得此函后，对于冯、郑两君之意见，深表同情，惟以张先生剥去壁画之举，冯、郑两君未尝亲见，仅凭卫君口说，或有失实，深恐有伤贤者，故未敢率尔上尘清听。以后间接闻之教育部派员前往者，亦作同样说法，斯年等亦未以奉陈。本年夏，西北史地考察团组成，延聘西南联大教授向达先生参加，向君为史学界之权威，其研究中西交通史之成绩，又早为中外人士所共晓。九月间，由渝飞兰，西至敦煌，顷接其来函，谓在千佛洞视察一过，并与张大千先生相识。张先生雇用喇嘛四人，益以子侄学生之助，终日在石室内临摹壁画。壁画有单层者，有数层者，数层者由历代加绘积累而成。张先生酷好北魏、隋、唐，遇宋、元、西夏之画加于北魏、隋、唐上者，即大刀阔斧，将上层劈去，露出下层。往往上层既毁，下层亦因之剥损，其已剥出或损坏之画，窟号画名，多可指出，且间有张先生题识为证，例如在三〇二号窟外面天王像上题云："辛巳八月发现此复壁有唐画，命儿子心知手率同画工□□、李富，破三日之功，剥去外层，颇还旧观，欢喜赞叹，因题于上。蜀郡张髯大千。"又，临摹之时，于原画任意钩勒，梯桌画架即搁壁上，如何损及画面，毫不顾惜。向君认为此种举动，如尚任其继续，再过二三年，千佛洞壁画将毁坏殆尽，因草成《敦煌千佛洞之管理研究以及其他连带的几个问题》一文，寄来此间，斯年深觉向君此文，关系重大，埋没可惜，故油印廿余份，分送有关艺术之友人。文中未提名指斥张大千先生，盖愿国宝之保存，非求私人之争执也。窃念张先生艺术名宿，潜心摹古，造诣之深，固当为今日艺术生色；然敦煌千佛洞为我国无上瓌宝，举世共知，似不能因一二人兴趣之故，加以毁伤，即欲研究北魏、隋、唐古画，亦当先会同国内外考古学家及化学专家，研究出一妥善办法，壁画剥离之后，上下层均可完全无恙。在此办法未筹出以前，宁可任北魏、隋、唐古画隐于宋、元画之下，万不可轻率从事剥离，以致两败俱伤。按，张君自剥自题，足徵并不讳言此举。然则张君亦非有意为害，特缺少保管古物之见识耳。我公国之元老，于开济经纶之外，领袖群伦，发扬国故，必不忍坐视千年珍贵之文物，日渐损坏。敢乞即电张先生，于其剥离壁画、任意钩勒，以致涂污，及将梯桌画架靠壁搁置之举动，加以劝止；并将已剥各件妥为保存，交付国家。

至于向君将千佛洞收归国有设立管理所之建议，及斯年之附注意见，亦冀大力劈画促成。庶几国家重宝，得以永存，则受赐者固不仅今世之好古者而已。兹将冯、郑两君原函及向君之文，各录一份，附呈 清览。敬希

垂鉴。专此，肃请

政安

　　　　　　　　傅斯年、李济 谨上 三十一年十二月五日
　　　　　　　　西川邮区李庄五号信箱

作者简介

傅斯年（1896—1950），字孟真。山东聊城人。著名历史学家、古典文学研究家、教育家。1928年创办了中央研究院历史语言所，组织了第一次有计划、有组织的殷墟甲骨发掘工作，先后发掘十多次，极大地推动了考古学的发展和商代历史的研究。主要著作有《东北史纲（第一卷）》《性命古训辩证》《古代中国与民族》等。

这是一封联名"告状信"，写于1942年。李济是著名考古学家，殷墟的主要发掘者，中央研究院的第一届院士，时任历史语言所考古组主任。于右任当时是国民政府监察院院长，也是书法家，与张大千是好友。

1941—1943年，张大千一家及门生在敦煌莫高窟临摹壁画。其间，他们剥落壁画，乱勾描，张大千甚至在壁画题上了"蜀都张髯大千"的字样。这种行径引发了学术界的震动。为此，一封封告状信递到中央研究院历史语言所所长傅斯年和历史所主任、考古学家李济手中。傅斯年和李济在有了确凿证据后，联名给于右任写了这封信，希望他从公私两方面制止张大千的破坏行为。

从信中可知，傅斯年、李济给于右任写信是很审慎的。此前已有多人将告状信递到傅斯年、李济手中，两人碍于张大千在政学两界关系深厚，更碍于他是于右任的密友，在无直接证据的情况下，没有贸然采取行动。直到著名史学家向达于1942年随考察团前往敦煌时，亲眼看到张大千大肆剥掉外层壁画，还在壁画上随意涂抹，甚至题上自己的名字。向达深感"千佛洞壁画将毁坏殆尽"，于是给傅、李二人写了详细的报告，他俩才以联名函的形式请求于右任制止张大千。

信中提到"间接闻之教育部派员前往者，亦作同样说法"，是指由王子云任团长的教育部西北艺术文物考察团。

张大千率自己的团队在莫高窟"考察"时，该考察团也在莫高窟做调查。王子云目睹了张大千对壁画的临摹方式，表示反对："我们（临摹的）目的是为了保存原有面貌，按照原画现有的色彩很忠实地把它摹绘下来，而张大千则不是保存现有面目，是'恢复'原有面目。他从青海塔尔寺雇来三位喇嘛画师，运用塔尔寺藏教壁画的画法和色彩，把千佛洞因年久褪色的壁画，加以恢复原貌，但是否真是原貌，还要深入研究，只令人感到红红绿绿，十分刺目，好像看到新修的寺庙那样，显得有些'匠气'和火气。"虽然张大千在毁坏外层壁画时留下了临摹稿，但这些临摹并非是对被毁壁画的忠实记录，相反，只是根据其个人理解而绘成的"还原图"，这就直接导致被毁壁画已无任何的再现可能，只有张大千拥有独一份的带有强烈个人印记的"还原图"。向达在写给傅斯年、李济的报告中说道："张氏酷嗜北魏隋唐，遂大刀阔斧，将上层砍去，而后人重修时，十九将原画划破，以使灰泥易于粘着。故上层砍去后，所得者仍不过残山剩水，有时并此残山剩水而亦无之者。如张氏所编三〇二号窟，窟外经宋人重修，张氏将宋画剥去，现唐人所画二天王像，遂续将此窟门洞宋人所画一层毁去，下乃一无所有，而宋人画已破碎支离，不可收拾矣。诸如此类，不一而足。"他亲眼看到张大千的"暴行"，被砍掉的壁画彻底损毁，露出的新壁画也多因毫无剥离技术而残破不堪。向达对这种行径表达了强烈的愤慨："夫千佛洞乃先民精神所聚，为中国艺术上之瑰宝，是国家所有，非地方个人所得而私。张氏何人，彼有何权，竟视千佛洞若私产，任意破坏，至于此极？此而可忍孰不可忍！"

　　傅斯年、李济信中指出张大千临摹时所造成的破坏，建议将千佛洞由国家接管，避免其遭到进一步破坏。但两人的信并没有起到立竿见影的作用，于右任并未对张大千进行制止，只是让敦煌县县长提醒好友"对于壁画，毋稍污损，免滋误会"。而张大千一行直到1943年底才离开敦煌，并举行了大型的敦煌壁画展，其名更盛。据悉，张大千离开敦煌时还带走了大量文物，后流向日本天理图书馆。

茅 盾

致王德厚（两封）

王德厚同志：

六月二十六日来信收悉，我未曾看过一九四七年重庆文光书店印行的《鲁迅旧诗新诠》，亦不知编著者司空无忌为何许人，或许竟是文怀沙化名亦未可知，文怀沙曾见过，但我确未看过该稿。"引"中所谓"此书初稿甫成，承茅盾先生改正错误之处甚多云云"，不是事实。一九四七年五月后我从苏联回上海，旋即赴香港。文怀沙为人浮薄，我们都避之。至于画家王姓一节，我记得其事，曾与人语及，或为文怀沙辗转得知。然我当时谓王君将赴苏区（当时称瑞金苏维埃政府所在地为苏区），非谓苏联也。文怀沙说是苏联想是传误，又加以"深造"二字，则可见其捕风捉影。《鲁迅日记》之赠画家一诗是否即为赠王君，我不敢必。记得当时言及王君，非为诠释鲁迅诗（其时约为抗战时在重庆），实亦未见此诗。日本人赴苏联者有之，但恐非画师望月玉成，至于赴苏区，则敢断言是没有的。望月先生肯定没有到过苏区，或想去；鲁迅赠诗时，他正要回日本。诗中"春山"似可泛指，不要指定为革命根据地也。

雁冰 七月一日

王德厚同志：

七月二日来信及《鲁迅旧诗新论》均收到。简答如下：

一、看了《新诠》的《引》及各诗的"按"语，想不出这个自称司空无忌者究竟是谁，但《教授杂咏》按语谓一九四三年，洪深在复旦大学教书，则似非事实。

二、"豪〔华〕灯照宴敞豪门"诗后按语谓我说鲁迅之友某曾作一画云云，全非事实。我不记得曾对谁说过这样的话，鲁迅之友中亦无画家；且此诗所刺之豪门，显然不是日本军人。

三、《引》中说他在四川白沙教书时曾晤魏建功；又说何其芳很欣赏他这《新诠》，两人皆在北京，不妨问问他们是否知道这个司空无忌是何许人。

我看了此诗每条按语，觉得此人理解鲁诗的能力很差。甚至可说是全然不理解。例如"大江日夜向东流"两诗的"按"语，莫名其妙，《自嘲》之"按语"亦然，"洞庭木落楚天高""禹域多飞将"等诗都"按"不出来。我大胆猜度，这是个妄人，写这本《新诠》为了骗人，却在《引》及"按"中故意拉入一些文艺界人以示其交游之广阔，也是为了骗人。匆复，即颂

健康。

雁冰 七月十一日

书邮寄不便，请来取。

作者简介

茅盾（1896—1981），原名沈德鸿，字雁冰。浙江桐乡人。作家、社会活动家。曾主编《小说月报》，发起成立文学研究会。中华人民共和国成立后担任文化部部长。代表作有《子夜》《林家铺子》等。

 包子老师说

这封信写于1977年。王德厚是研究鲁迅的专家，文怀沙是文化学者。茅盾与王德厚就1947年重庆文光书店出版的《鲁迅旧诗新诠》往来有多封书信，这是其中的两封。《鲁迅旧诗新诠》署名司空无忌，是文怀沙在民国时期使用的一个笔名。因为茅盾与鲁迅关系深厚，对鲁迅的诗非常熟悉。于是，这本书在茅盾先生毫不知情的情况下打着"茅盾"的旗号招摇过市，不但在"引"中说"承茅盾先生改正错误处甚多"，而且在书中解读鲁迅的诗时，常以"茅盾先生曰"或"茅盾先生语予曰"开头，几乎到了言必称茅盾的地步，但又不注明出处，这就会误导读者以为作者和茅盾的关系密切，茅盾深度参与了该书的编著工作，以此作为卖点。可笑的是，茅盾根本不知作者是谁，就更谈不上参与或者解读鲁迅的诗了。茅盾对冒名之事一无所知，直到1977年王德厚写信给他，始知有此事，一向随和的他大为恼火，于是他以回信的方式澄清了事实。信中，茅盾评价文怀沙为人"浮薄"，

他们都唯恐避之不及。

　　随后，王德厚将此书寄给茅盾让其仔细研读。读后，茅盾更觉愤怒，写了第二封信。信中直言作者理解鲁迅诗的能力很差，大部分理解错误，而且也无法解读鲁迅诗的深意，一针见血地指出作者写这本书目的在于骗人，所以在"引"及"按"中故意拉入一些文艺界中人以示其交涉之广。由此看出，茅盾对"司空无忌"这种不肯踏踏实实做学问、靠傍名人出名者极其反感，忍无可忍下才写了这样言辞激烈的信。文怀沙也因此遭人诟病。

徐志摩

致父母

我至爱爸妈膝下：

自爱亲回硖后，儿因看妈上车时衰弱情状，心中甚为难过，无时不在念中，惟此星期预备上课，往来宁沪，迄未得暇，不曾修禀问候，不知妈到家后精神有见好否？今日在大马路遇见幼仪与朱太太买物，说起爸爸来信言，妈心感不快，常自悲泣，身体亦不见健，儿当时觉得十分难受，明知爱亲常常不乐，半为儿不孝，不能顺从爱亲意念所在。妈身体孱弱至此，儿亦不能稍尽奉养之职，即如今日闻幼仪言后，何尝不想立刻回硖省候，但转念学校功课繁重，又是初初开学，未便请假，因此甚感两难。妈亦是明白人，其实何必不看开些，何必自苦如此。妈想，妈若不乐，爸爸在家当然亦不能自得，儿在外闻知，亦不禁心悬两地，不能尽心教书，即幼仪亦言回家去，只见到忧愁，听到忧愁，实在有些怕去。如此一来，岂非一家人都不得安宁，有何乐趣？其实天下事全在各人如何看法，绝对满意事，是不可有的，做人只能随时譬解，自寻快乐。即如我家情形，不能骨肉常时团聚，自是一憾，但现在时代不同，往时大家庭办法决不可能，既然如此，彼此自然只能退一步想，儿虽不孝，爱亲一样有儿有孙有女，况只要爱亲不嫌，一家仍可时常相处。儿最引以为虑的，是妈妈的身体，我与幼仪一样思想，只求妈能看开些，决心养好身体，只要精神一健，肝肠自然平顺，看事情亦可从好处着想，爸爸本性是爱热闹豁达大度的，自无问题，我等亦能安命无所怨尤，岂非爸爸本性是爱热闹豁达大度的，自无问题，我等亦能安命无所怨尤，岂非一家和顺，人人可以快乐安慰？妈总要这样想才好。先前的理想现已不可能，当然只能放开，好在目前情形，并不过于不堪，妈又何必执意悲观，结果一家人都不愉快，有何好处？儿拙于口才，每次见妈，多所抱怨，又不容置辩，只能缄（jiān）默，万分无奈，姑且再写此信去劝妈妈，万事总当从亮处看，一家康宁和顺，已是幸福，理想是做不到的。妈能听儿解劝，则第一要事就该自己当心养息，儿等在外做事，但盼家信来说爱亲身体安健，心怀舒畅，如得消息不安或不快，则儿等立即感受忧愁，不能安心做事矣。此点儿反复申说，纯出至诚，尚望爸爸再以此向妈疏说，同意好好看顾妈心，说说笑话，硖居如阄，最好仍来上海，能来儿处最佳，否则幼仪处亦好。儿懒惰半年多，忽然忙碌，不免感劳，但亦无可如何也。星一去南京。昨晚回来，光华每日有课，下星一仍赴宁。专此敬叩金安。

儿摩叩禀，小曼叩安。九月廿六日。

徐志摩（1897—1931），现代诗人。浙江海宁人。新月诗社主要成员，曾与胡适、梁实秋等创办《新月》杂志，任总编辑。徐志摩是新诗坛上知名度很高的诗人，对中国的新诗创作产生了很大影响。主要作品为《徐志摩文集》。

 包子老师说 ⓘ ⋯⋯⋯⋯⋯⋯⋯⋯⋯⋯⋯⋯⋯⋯⋯⋯⋯⋯⋯⋯⋯⋯

徐志摩与母亲感情很深，他经历种种情感波折，母亲总是为之牵肠挂肚。面对日渐年迈的母亲，徐志摩感到难过和歉疚，信中对母亲由衷的关切之情溢于言表。写此信时，他已与陆小曼结婚，字里行间提到的"幼仪"即前妻张幼仪。徐志摩父母喜欢张幼仪，对陆小曼始终是持排斥的态度，其母因此忧愁郁闷，身体欠佳。徐志摩在信中开解母亲，虽然其言行不顺父母之意，但为人子的拳拳之心、切切之情于纸间显露无遗，真挚感人。

朱自清

给子恺书

子恺兄：

　　知道你的漫画将出版，正中下怀，满心欢喜。

　　你总该记得，有一个黄昏，白马湖上的黄昏，在你那间天花板要压到头上来的，一颗骰子似的客厅里，你和我读着竹久梦二的漫画集。你告诉我那篇序做得有趣。并将其大意译给我听。我对于画，你最明白，彻头彻尾是一条门外汉。但对于漫画，却常常要像煞有介事地点头或摇头；而点头的时候总比摇头的时候多——虽没有统计，我肚里有数。那一天我自然也乱点了一回头。

　　点头之余，我想起初看到一本漫画，也是日本人画的。里面有一幅，题目似乎是「□□子爵の泪」（上两字已忘记）画着一个微侧的半身像：他严肃的脸上戴着眼镜，有三五颗双钩的泪珠儿，滴滴搭搭历历落落地从眼睛里掉下来。我同时感到伟大的压迫和轻松的愉悦，一个奇怪的矛盾！梦二的画有一幅——大约就是那画集里的第一幅——也使我有类似的感觉。那幅的题目和内容，我的记性真不争气，已经模糊得很。只记得画幅下方的左角或右角里，并排地画着极粗极肥又极短的一个"！"和一个"？"。可惜我不记得他们哥儿俩谁站在上风，谁站在下风。我明白（自己要脸）他们俩就是整个儿的人生的谜；同时又觉着像是那儿常常见着的两个胖孩子。我心眼里又是糖浆，又是姜汁，说不上是什么味儿。无论如何，我总得惊异；涂呀抹的几笔，便造起个小世界，使你又要叹气又要笑。叹气虽是轻轻的，笑虽是微微的，似一把锋利的裁纸刀，戳到喉咙里去，便可要你的命。而且同时要笑又要叹气，真是不当人子，闹着玩儿！

话说远了。现在只问老兄，那一天我和你说什么来着？——你觉得这句话有些儿来势汹汹，不易招架么？不要紧，且看下文——我说："你可和梦二一样，将来也印一本。"你大约不曾说什么；是的，你老是不说什么的。我之说这句话，也并非信口开河，我是真的那么盼望着的。况且那时你的小客厅里，互相垂直的两壁上，早已排满了那小眼睛似的漫画的稿；微风穿过它们间时，几乎可以听出飒飒的声音。我说的话，便更有把握。现在将要出版的《子恺漫画》，他可以证明我不曾说谎话。

你这本集子里的画，我猜想十有八九是我见过的。我在南方和北方与几个朋友空口白嚼的时候，有时也嚼到你的漫画。我们都爱你的漫画有诗意；一幅幅的漫画，就如一首首的小诗——带核儿的小诗。你将诗的世界东一鳞西一爪地揭露出来，我们这就像吃橄榄似的，老觉着那味儿。《花生米不满足》使我们回到惫懒的儿时，《黄昏》使我们沉入悠然的静默。你到上海后的画，却又不同。你那和平愉悦的诗意，不免要搀上了胡椒末；在你的小小的画幅里，便有了人生的鞭痕。我看了《病车》，叹气比笑更多，正和那天看梦二的画时一样。但是，老兄，真有你的，上海到底不曾太委屈你，瞧你那《买粽子》的劲儿！你的画里也有我不爱的：如那幅《楼上黄昏，马上黄昏》，楼上与马上的实在隔得太近了。你画过的《忆》里的小孩子，他也不赞成。

今晚起了大风。北方的风可不比南方的风，使我心里扰乱；我不再写下去了。

十一月二日，北京。

作者简介

朱自清（1898—1948），字佩弦。原籍浙江绍兴人，生于江苏东海。作家、学者。1920年加入文学研究会。曾任清华大学、西南联合大学教授。1946年10月，在黑暗现实的教育和爱国民主运动的推动下，他成为革命民主主义战士。代表作有散文集《背影》、诗文集《踪迹》等。

 包子老师说

这是朱自清给丰子恺的第一本漫画集《子恺漫画》写的序，发表在1925年的《语丝》上。他与丰子恺是好友，信中以细腻生动的笔触叙述了两人交往中涉及丰子恺漫画的细节，文情并茂。丰子恺漫画深受日本漫画家竹久梦二的影响，朱自清对此显然了然于胸，因而信中谈到竹久梦二的漫

画时，将看子恺漫画的感受与看竹久梦二的漫画相比，同时也期待子恺会取得和竹久梦二一样的成就。朱自清曾将丰子恺的漫画都带回家欣赏，可见喜爱之极；在和叶圣陶挑选《子恺画集》的作品时，他竟一幅也舍不得拿掉。信文以诗意的笔调呼应了丰子恺画的诗意，举出几幅典型的作品概括了漫画的内容，有"《花生米不满足》"的儿时生活，也有"《黄昏》"的诗意栖居，更有"挽上胡椒末"的对人生"鞭痕"的揭示、对现实社会的辛辣讽刺。另一方面，朱自清坦诚直率，并不讳言自己不喜欢的画，也可见得两人关系之近。

闻一多

致父母亲

父母亲大人膝下：

近年来内清吉否？念念。连接二哥、五哥来函，人事俱好，祈勿垂虑。山东交涉及北京学界之举动，迪纯兄归，当知原委。殴国贼时，清华不在内，三十二人被捕后始加入，北京学界联合会要求释放被捕学生，此事目的达到后各校仍逐日讨论进行，各省团体来电响应者纷纷不绝，目下声势甚盛，但傅总长、蔡校长之去亦颇受影响。现每日有游行演讲，有救国日刊，各举动积极进行，但取不越轨范以外，以稳健二字为宗旨。此次北京二十七校中，大学虽为首领，而一切进行之完密、敏捷，终推清华。国家至此地步、神人交怨，有强权，无公理，全国曹然如梦，或则敢怨而不敢言。卖国贼罪大恶极，横行无忌，国人明知其恶，而视若无睹，独一般学生敢冒不韪，起而抗之。虽于事无大济，然而其心可悲，其志可嘉，其勇可佩！所以北京学界为全国所景仰，不亦宜乎？清华做事，有秩序，有精神，此次成效卓著，亦素所习练使然也。现校内办事机关学生代表团，分外务、推行、秘书、会计、干事、纠察六部，现定代表团暑假留校办事。男与八哥均在秘书部，而男责任尤重，万难分身。又新剧社拟于假中编辑新剧，亦男之职务，该社并可津贴膳费十余元，今年暑假可以留堂住宿，费用二十六元，新剧社大约可出半数（前校中拟办暑假补习学校仅中等科，男拟谋一教习，于经费颇有补助。现此事未经外交部批准，所以作罢论），尚需洋十余元。男拟如二哥、五哥可以接济更好，不能，可在友人处通挪，不知两位大人以为如何？本年又拟稍有著作，校中图书馆可以参览，亦一便也。男每年辄有此意，非有他故，无非欲多读书，多做事，且得与朋友共处，稍得切磋之益也。一年未归家，且此年中家内又多变故，二哥久在外，非独二大人愿男等回家一集，即在男等亦何尝不愿回家稍尽温省之责。远客思家人之情也，虽曰求学求名，特不得已耳。此年中与八哥共处，时谈家务未尝不太息悲哽，不知忧来何自也。又男每岁回家一次，必得一番感想，因平日在学校与在家中景况大不同，在校中间或失于惰逸，一回想家中景况，必警心惕虑，益自发愤，故每归家，实无一日敢懈怠，非仅为家计问题，即乡村生计之难，风俗之坏，自治之不发达，何莫非作学生者之责任哉！今年不幸有国家大事，责任所在，势有难逃，不得已也。五哥回家，自不待言，二哥如有福建之行，亦可回家，男在此多暇，时时奉禀述叙情况，又时时作诗歌奉上，以娱尊怀，两大人虽不见男犹见男也。男在此为国做事，非谓有男国即不亡，乃国家育养学生，岁糜（mí）巨万，一旦有事，学生尚不出力，更待谁人？忠孝二途，本非相悖，尽忠即所以尽孝也，且男在校中，颇称明大义，今遇此事，犹不能牺牲，岂足以谈爱国？男昧于世故人情，不善与俗人交接，独知读书，每至古人忠义之事，辄为神往，尝自诩吕端大事不糊涂，不在此乎？或者人以为男此议论为大言空谈，如俗语曰"不落实"，或则曰"狂妄"，此诚不然。今日无人做爱国之事，亦无人出爱国之言，相习成风，至不知爱国为何物，有人稍言爱国，必私相惊异，以为不落实或狂妄，岂不可悲！此番议论，原为驷弟发，感于日寇欺忓中国，愤懑填膺，不觉累牍。驷弟年少，当知二十世纪少年当有二十世纪人之思想，即爱国思想也。前托十哥转禀两大人，新剧社赴汉演戏男或可乘机回家，现存问题已打消，男必不能回家也。或者下年经济充足，寒假可回家一看。寒假正在阴历年，男未在家度岁已六七年，时常思想团年乐趣，下年必设法回家，即请假在家多住数日亦不惜也。区区苦衷，务祈[1]鉴宥（yòu），不胜惶恐之至！肃此敬请

福安。

此次各界佩服北京学生者，以其作事稳健，男在此帮忙绝不至有何危险，两大人务放心。

男骅叩
五月十七日下午

作者简介

闻一多（1899—1946），本名闻家骅。湖北人。中国同盟会早期领导人，现代著名诗人、学者、民主战士。1946年7月11日晚，民主人士李公朴被特务暗杀，1946年7月15日，闻

---

[1] 原信此处为空格。

一多在追悼李公朴的大会上登台讲演，痛斥特务的卑鄙行径，下午即被特务枪杀于家门前。代表作有诗集《红烛》《死水》《七子之歌》、学术著作《楚辞补注》《律诗底研究》等。

包子老师说

　　五四运动爆发时，闻一多正在清华大学读书，是积极参与五四运动的青年，被推举为清华大学学生会代表。这封信写于运动后不到半月。当时，他接连收到两个哥哥的来信，家乡的父母一直挂念远在北京的儿子，父亲希望他暑假可以回家探亲。但是国难当头，闻一多选择了民族大义，自觉肩负起时代赋予的责任。尽管他也思念家乡和亲人，但责任所系，不能回家尽孝，为此写了这封信向父母解释，希望得到二老的理解和支持。信中流露出闻一多对时局的担忧，对民族危亡的忧虑，对投身运动的热忱及对亲人的眷念。从信中，我们可以感受到闻一多的爱国激情和浪漫气质。这封信让我们看到了在民族危亡之际，一代知识青年勇于担当国家重任的气概。

给高孝贞二信

贞：

　　此次出门来，本不同平常，你们一切都时时在我挂念之中，因此盼望家信之切，自亦与平常不同。然而除三哥为立恕的事，来过两封信外，离家将近一月，未接家中一字。这是什么缘故？出门以前，曾经跟你说过许多话，你难道还没有了解我的苦衷吗？出这样的远门，谁情愿，尤其在这种时候？一个男人在外边奔走，千辛万苦，不外是名与利。名也许是我个人的事，但名是我已经有了的，并且在家里反正有书可读，所以在家里并不妨害我得名。这回出来唯一目的，当然为的是利。讲到利，却不是我个人的事，而是为你我，和你我的儿女。何况所谓利，也并不是什么分外的利，只是求将来得一温饱，和儿女的教育费而已。这道理很简单，如果你还不了解我，那也太不近人情了！这里清华北大南开三个学校的教职员，不下数百人，谁不抛开妻子跟着学校跑？连以前打算离校，或已经离校了的，现在也回来一齐去了。你或者怪了我没有就汉口的事，但是我一生不愿做官，也实在不是做官的人，你不应勉强一个人做他不能做不愿做的事。我不知道这封信写给你，有用没有。如果你真是不能回心转意，我又有什么办法？儿女们又小，他们不懂，我有苦向谁诉去？那天动身的时候，他们都睡着了，我想如果不叫醒他们，说我走了，恐怕第二天他们起来，不看见我，心里失望，所以我把他们一个个叫醒，跟他说我走了，叫他再睡。但是叫到小弟，话没有说完，喉咙管硬了，说不出来，所以大妹我没有叫，实在是不能叫。本来还想嘱咐赵妈几句，索性也不说了。我到母亲那里去的时候，不记得说了些什么话，我难过极了。出了一生的门，现在更不是小孩子，然而一上轿子，我就哭了。母亲这大年纪，披着衣裳坐在床边，父亲和驷弟半夜三更送我出大门，那时你不知道是在睡觉呢还是生气。现在这样久了，自己没有一封信来，也没有叫鹤雕随便画几个字来。我也常想到，四十岁的人，何以这样心软。但是出门的人盼望家信，你能说是过分吗？到昆明须四十余日，那么这四十余日中是无法接到你的信的。如果你马上就发信到昆明，那样我一到昆明，就可以看到你的信。不然，你就当我已经死了，以后也永远不必写信来。

多

二月十五日

 **包子老师说** 🖂 ∙∙∙∙∙∙∙∙∙∙∙∙∙∙∙∙∙∙∙∙∙∙∙∙∙∙∙∙∙∙∙∙∙∙∙∙∙

　　高孝贞是闻一多的妻子。1922年初，闻一多赴美留学前夕，他收到父亲催他回家结婚的信。虽然对这门包办婚姻深感不满，闻一多还是答应下来。不过他向父亲提出三个要求：一是结婚时不向长辈行跪拜礼；二是不拜祖宗；三是婚后要让妻子高孝贞入学读书。他们结婚后，高孝贞去学校接

受了新知识、新思想，学成归来的高孝贞逐渐成为了闻一多事业上的有力支持者。两人先结婚后恋爱，感情逐渐融洽。1937年抗日战争爆发后，闻一多到西南联合大学任教，一时没有收到妻子的信，便写了这封信。这封信是带有"负气"的情书，感情直接炽烈，使我们感受到了铁骨铮铮的民主战士闻一多也有儿女情长、有血有肉的一面。

贞：

　　武汉轰炸两次，心里着急，不知你们离开武汉否，接到你们初到长沙的电报才放心。后来见报长沙也被轰炸，又急了好几天，直到前天二次电报来了，才知道全体动身，更是感天谢地。现在只希望路上不致多耽搁，孩子们不生病。这些时一想到你们，就心惊肉跳，现在总算离开了危险地带，我心里稍安一点。但一想到你们在路上受苦，我就心痛。想来想去，真对不住你，向来没有同你出过远门，这回又给我逃脱了，如何叫你不恨我？过去的事，无法挽救，从今以后，我一定要专心事奉你，做你的奴仆。只要你不气我，我什么事都愿替你做，好不好？昆明的房子又贵又难找，我来了不满一星期，幸亏陈梦家帮忙，把房子找好了，现在只要慢慢布置，包你来了满意，房东答应借家具，所以钱也不会花得很多。照规矩算起来，今天可以到贵阳。如果在贵阳多休息几天，这信你便可以收到。现在告诉你一件要紧的事，前几天同事新从这条路来的说，天热易得疟疾，须先吃金鸡纳霜预防，每次吃三颗，隔一天吃一次，小儿减半，我前次在路上吃过十几颗，确乎有效。路上情形，若来得及，请来一封信告诉我。我因房子内部未布置好，不能来贵阳，很对不起你，求你原谅。但我实在想早早和你见面。由聂先生转的款国币百元，想已拿到。以后来电信寄"昆明联合大学"就行了。祝你路上平安。

多

廿八日早

房子七间，在楼上，连电灯，月租六十元，押租二百元，房东借家具。这条件在昆明不算贵，押租已交，房租候搬入时再交，厨房在楼下。

地点买菜最方便，但离学校稍远，好在我是能走路的，附近有小学。

房东是中医，开着很大的药铺，其亲戚徐君当教员，我认识，是游先生的好友。

包子老师说

闻一多到西南联合大学一年后，费了好大力气才在昆明找到一处房子，便写信给妻子，让她带着子女前来团聚。在国家多灾多难的时节，妻儿长途跋涉，一路历尽艰险，几次死里逃生。在妻儿前往昆明的途中，闻一多不断与她电报联系，一颗心多次悬起又落下，最后得知他们平安到达，不由得谢天谢地。这封信正是以这种心情写的。

瞿秋白

致杨之华

爱爱：

临走的时候，极想你能送我一站，你竟徘徊着。

海风是如此的飘漾，晴明的天日照着我俩的离怀。相思的滋味又上心头，六年以来，这是第几次呢？空阔的天穹和碧落的海光，令人深深的了解那"天涯"的意义。海鸥绕着桅樯，像是依恋不舍，其实双双栖宿的海鸥，有着自由的两翅，还羡慕人间的鞅掌。我俩只是少健康，否则如今正是好时光，像海鸥样的自由，像海天般的空旷，正好准备着我俩的力量，携手上沙场。爱爱，爱爱，我梦里也不能离你的印象。

独伊想起我吗？你一定要将地名留下，我在回来之时，要去看她一趟。下年她要能换一个学校，一定是更好了。

你去那里，尽心的准备着工作，见着娘家的人❶，多么好的机会。我追着就来，一定是可以同着回来，不像现在这样寂寞。你的病怎样？我只是牵记着。

----

❶ 杨之华原注：一九二九年八月，海参崴召开太平洋劳动大会，从中国去的工人代表是秘密赴苏联的。这里所指的娘家人就是从中国去的工人代表。

可惜，这次不能写信，你不能写信❶。我要你弄一本的小书，将你要写的话，写在书上，等我回来看！好不好？

好爱爱，乖爱爱，一万个Kiss。

你的阿哥

七月十五

作者简介

　　瞿秋白（1899—1935），原名瞿双，后改为瞿霜、秋白。江苏常州人。中国共产党早期领导人之一，杰出的无产阶级革命家、理论家、宣传家，中国革命文学事业的奠基人之一。1935年6月18日在福建长汀罗汉岭从容就义。遗著编有《海上述林》《瞿秋白文集》等。

包子老师说

　　杨之华是瞿秋白的妻子，两人伉俪情深，志同道合，既是夫妻也是革命伴侣。杨之华曾任中共上海地委妇女部长、中共中央妇女部部长等职。1928年，瞿秋白作为中国共产党驻共产国际代表团团长，与杨之华常住莫斯科。写此信时，杨之华正在海参崴参加太平洋劳动大会，信中的"娘家人"

---

❶ 杨之华原注：为什么不能写信？也是因为要使出席太平洋劳动大会的各国代表安全起见，有一条纪律，不能与外界通讯。

瞿秋白　101

即指参加大会的各国工人代表。这是瞿秋白在旅途中所写的一封信，表达了对妻子浓浓的思念。这封信写得很美，海风、晴日、双双栖宿自由翱翔的海鸥，都充满浪漫情调，同时在牵挂、依恋中充满向上的昂扬激情。这里的"鞅掌"语出《诗经·小雅·北山》，意为事务繁忙；瞿秋白希望夫妇俩能像双栖双宿的海鸥一样，虽为工作忙碌但精神自由，期待着积蓄力量，携手上沙场。瞿秋白是一个极具浪漫情怀之人，更是一个坚定的革命者。1935年瞿秋白被捕后，蒋介石多次派要员劝降，但他矢志不渝，就义时从容地说："此地甚好，开枪吧！"这封信让我们看到一个意志如钢的革命者在感情世界中的温柔浪漫以及对革命的激情。

致瞿独伊

独伊:

我的好独伊。你的头发都剪了,都剃了么?哈哈,独伊成了小和尚了。

好伯伯的头发长长了,却不是大和尚了。

你会不会写俄文信呢?

你要听先生的话,要听妈妈的话,要和同学要好,我欢喜你,乖乖的小独伊,小和尚。

好伯伯

包子老师说 ●●●●●●●●●●●●●●●●●●●●

独伊是杨之华与前夫所生的女儿,但瞿秋白对她视如己出,与她相处得非常融洽开心。1928年,瞿秋白全家先后到了莫斯科,夫妇俩经常带独伊到公园去玩。1929年二、三月间,瞿秋白于列宁格勒疗养院养病时,还经常给年仅8岁的独伊写信,这里所选的便是其中一封。当时独伊所在的学校规定,男女学生一律将头发剃光,所以瞿秋白写这封信安慰她不要难过。此信写得轻松幽默,如同跟女儿面对面交谈,十分亲切。

老 舍

致胡絜青

絜青[1]：

接到信，甚慰！济与乙都去上学，好极！惟儿女聪明不齐，不可勉强，致有损身心。我想，他们能粗识几个字，会点加减法，知道一点历史，便已够了。只要身体强壮，将来能学一份手艺，即可谋生，不必非入大学不可。假若看到我的女儿会跳舞演讲，有作明星的希望，我的男孩能体健如牛，吃得苦，受得累，我必非常欢喜！我愿自己的儿女能以血汗挣饭吃，一个诚实的车夫或工人一定强于一个贪官污吏，你说是不是？教他们多游戏，不要紧逼他们读书习字；书呆子无机会腾达，有机会作官，则必贪污误国，甚为可怕！

至于小雨，更宜多玩耍，不可教她识字；她才刚四岁呀！每见摩登夫妇，教三四岁小孩识字号，客来则表演一番，是以儿童为玩物，而忘了儿童的身心发育甚慢，不可助长也。

我近来身体稍强，食眠都好，唯仍未敢放胆写作，怕再患头晕也。给我看病的是一位熟大夫，医道高，负责任，他不收我的诊费，而且照原价卖给我药品，真可感激！前几天，他给我检查身体，说：已无大病，只是亏弱，需再打一两打补血

---

[1] 此信写给夫人胡絜青，当时她与三个子女均困留于已沦陷的北平老家。

针。现已开始。病中，才知道身体的重要。没有它，即使是圣人也一筹莫展！

春来了，我的阴暗的卧室已有阳光，桌上边有一枝桃花插在曲酒瓶中。

祝你健康！代我吻吻儿女们！

舍上，三，十

作者简介

老舍（1899—1966），原名舒庆春，字舍予，满族。北京人。现代著名作家。曾任小学校长、中学教员、大学教授。著有长篇小说《骆驼祥子》《四世同堂》《二马》《赵子曰》、中短篇小说《月牙儿》《断魂枪》《我这一辈子》《微神》、话剧《茶馆》等，以上作品均为现代文学的经典之作。有《老舍文集》行世。

 包子老师说

这是老舍1942年写的一封家信。"济与乙"即老舍的女儿舒济与儿子舒乙，"小雨"即舒雨，老舍的小女儿。写这封信时，老舍患了盲肠炎。这封信让我们看到了老舍生活化的一面。作为父亲，他对孩子的爱深厚有加，而且具有反传统且超前的教育观，与"万般皆下品，唯有读书高"的传统

教育观截然不同。他只希望孩子们身体强壮、健康，将来能谋生即可；更不主张过早的揠苗助长似的让儿童学习识字，要保护他们的天性和童真。除此之外，话家常的就医琐事，使读者读来倍感亲切；而阴暗房间里酒瓶中的一枝桃花，映照出老舍的积极乐观，也让看信的人眼前一亮。

致赵景深

景深兄：

元帅发来紧急令：内无粮草外无兵！小将提枪上了马，《青年界》上走一程。哟！马来！

参见元帅。带来多少人马？两千来个字！还都是老弱残兵！后帐休息！得令！正是：旌旗明日月，杀气满山头！祝吉

弟舍予躬[1]

附臭文一

包子老师说

老舍是位幽默大师，写过很多幽默小品文，这封信充分体现了他幽默的风格。20世纪30年代，北新书局办了杂志《青年界》，戏曲史专家赵景深接手任主编时稿源严重不足，只好向各位作家约稿。他写信给老舍，只在纸上写了一个大大的"赵"字，并用红笔圈了起来，意思是自己急需用

---

[1] 此信无日期。

稿，望来救援。老舍收到信后心领神会，便写了一篇两千来字的短篇小说《马裤先生》寄去，并附上这封回信，与赵景深的来信呼应，并以"小将"及"老弱残兵"的"苦相"自谦，可敬而不失风趣。后来，赵景深将小说和这封信一并发于《青年界》，为文学界留下一段趣话。

致黎烈文

烈文先生：

　　您向我要小品文；老实不客气讲，咱不会。请您往这边来，有句私话：我对大品中品文字都有拿手——底下那句似乎不必说。不信请问马大婶去，我是不是大品文字的文豪！不过，您一定非彆扭我不可，我自有主意。您看，我只须由大品往下一溜，溜成中品；再由中品往下一溜，溜为小品，其庶几乎？但是，从中国文学史上看，大品文字真是麟毛凤角（出角的凤是种两栖动物，据说），在咱们的"国书"中——这应与国术国耻国学等并列，不是驻英或驻法公使拿着的那纸文书——还没见过一部或一篇大品诗或文。您也许相信这个？有此原因，我对小品文到底有些冷淡；您看，我是要给国书中添上几本大玩艺。我得取法乎上上，以得其上；得跑到无极的上边，以便生太极。太极拳是国术，太极文正好是国书。等我的杰作出世的时候，连萧伯纳带莎士比亚就都得入中国籍，学咱们的国学。因此，我还是不能往下溜；"鲤鱼打挺"是我的态度。大品文的大法，您可晓得？上帝造人，您可看过？我晓得，看见过。上帝说，叫世界有光，刷的一下，金光万道，十五个太阳，带着几万万万大小不等，一齐发笑的明星。叫世界有人，拍的一声，人山人海，人心人肺，人情人理，人命关天。您看，我的大品文的大法至无能也要与这个相似。您叫我写小品文，设若我少着一分幽默，非急了不可！

　　假如您以为这全不对，那么，您说到底什么是小品文！

　　祝！

　　吉

弟老舍鞠躬

十二月二十八日　济南

 包子老师说 ◖◗ ─────────────────────

　　这封信写于1932年。信中提到的黎烈文是现代著名的翻译家和作家，曾是文学研究会成员，1932年任《申报》副刊《自由谈》的主编。在黎烈文主持下的《自由谈》聚集了大批知名作家和学者，如鲁迅、老舍、茅盾、郑振铎、郁达夫、沈从文、叶圣陶、巴金、林语堂、胡风、瞿秋白、夏丏尊、章太炎、柳亚子等，是当时国内影响最大和最受读者欢迎的文艺副刊之一。黎烈文约请老舍写一篇小品文，此篇是老舍的回信。当时的文坛有一些作家主张读大品文，写大品文，以大品文为上流；他们看不起小品文，视其为末流小技。老舍此信即以幽默的笔调反讽了这一现象。

致陈逸飞

逸飞先生：

　　您来，正赶上我由津回来大睡其午觉，该死！其实，白老先生也太爱我了，假如他进来叫我一声，我还能一定抱着"不醒主义"吗？

　　您封我为"笑王"，真是不敢当！依中国逻辑：王必有妃，王必有府，王必有八人大轿，而我无妃无府无大轿，其"不王"也明矣。

　　我星期三（廿八）上午在家，您如愿来，请来；如不方便，改日我到您那儿去请安，嗻！

　　敬祝

笑安

弟舒舍予鞠躬

30.5.26

 包子老师说 ⅢⅢ ⎯⎯⎯⎯⎯⎯⎯⎯⎯⎯⎯⎯⎯⎯⎯

　　这是封"辞王"信。1930年3月，老舍辞去英国伦敦大学东方学院中文讲师之职，5月回京，寄住在好友白涤洲家。信中的"白老先生"即白涤洲的父亲。作家陈逸飞时任《学

生画报》的记者，同时也是北京一个很有影响力的文艺团体——"笑社"的成员。社团委派陈逸飞登门造访，正巧老舍在午睡，陈逸飞不忍打扰，就留下了一封信，信中称老舍为"笑王"，希望他能给《学生画报》供稿，并邀请他在"笑社"中担任职务。第二天，陈逸飞就收到老舍这封辞谢信。此信写得委婉风趣，虽自谦不敢当"笑王"，但信本身的风格恰恰证明了这"笑王"称号名不虚传。

致陶亢德

亢德兄：

　　由家出来已四个月了。我怎样不放心家小，是你可以想象得到的；因为你现在也把眷属放在了孤岛上，而独自出来挣扎。我的唯一武器是我这枝笔，我不肯教它休息。你的心血是全费在你的刊物上，你当然不肯教它停顿。为了这笔与刊物，我们出来；能作出多少成绩？谁知道呢！也许各尽其力的往前干就好吧？

　　这四个月来，最难过的时候是每晚十时左右。你知道，我素日生活最有规律，夜间十点前后，必须去睡。在流亡中，我还不肯放弃了这个好习惯。可是，一见表针指到该就寝的时刻，我不由的便难过起来。不错，我差不多是连星期日也不肯停笔，零七八碎的真赶出不少的东西来；但是，这到底有多大用处呢？笔在手里的时节，偶尔得到一两句满意的文章，我的确感到快乐，并且渺茫的想到这一两句也许能在我的读众心中发生一些好的作用；及至一放下笔，再看纸上那些字，这点自慰与自傲便立时变为失望与惭愧。眼看着院内的黑影或月光，我仿佛听见了前线的炮声，仿佛看见了火影与血光。多少健儿，今晚丧掉了生命！此刻有多少家庭被拆散，多少城市被轰平！这一夜有多少妇孺变成了寡妇孤儿！全民族都在血腥里，炮火下，到处有最辛酸的患难，与最悲壮的牺牲。我，我只能写一些字：即使我的文字能有一点点用处，可是又到了该睡的时候了；一天的工作——且承认它有些用——不过是那么一点点呀！我不能安心去睡，又不能不去睡，在去铺放被子的时候，我觉得自己不过是个无知的小动物，又须到窝穴里藏起头来，白白的费去七八小时了！这种难过，是我以前所未曾有过的。我简直怕见天黑了，黄昏的暮色晚烟，使我心中凝成一个黑团！我不知怎样才好，而日月轮还，黑夜又绝对不能变成白天！不管我是怎样的想努力，我到底不能不放下笔去睡，把心神交与若续若断的恶梦！

身体太坏。有心无力，勇气是支持不住肉体的疲惫的。作到了一日间所能作的那一些，就像皮球已圆到了容纳空气的限度，再多打一点气就会爆裂。这是毕生的恨事，在这大家都当拼命卖力气，共赴国难的期间，便越发使人苦恼。由这点自恨力短，便不由的想到了一般文人的瘦弱单薄。文人们，因生活的窘迫，因工作的勤苦，不易得到健壮的身体；咬牙努力，适足以呕血丧命。可是他们又是多么不服软，爱要强的人呢。他们越穷越弱，他们越不肯屈服，连自己体质的薄弱也像自欺似的加以否认或忽略。衰病或夭折是常有的当然结果，文学史上有多少"不幸短命死矣"的嗟（jiē）悼呢！他们这样的不幸，自有客观的，无可避免的条件，并非他们自甘丧弃了生命。不过，在这国家危急存亡之秋，我不愿细细的述说这些客观的条件与因由，而替文人们呼冤。反之，我却愿他们以极度的热心，把不平之鸣改作自励自策，希望他们也都顾及身体的保养与锻炼。文人们，你们必须有铁一般的身儿，才能使你们的笔像枪炮一样的有力呀！注意你们的身体，你们才能尽所能的发挥才力，成为百战不挠的勇士。于此，我特别要诚恳的对年轻的文艺界朋友们说——或者不惜用"警告"这个字：要成个以笔为武器的战士，可先别忽略了战士应有的铜筋铁臂啊。"白面"书生是含有些轻视的形容。深夜里狂吸着纸烟，或由激愤而过着浪漫的生活，以致减低了写作的能力，这岂但有欠严肃，而且近乎自杀呀！日本军人每日在各处整批的屠杀我们，我们还要自杀么？我们应当反抗！战士，我们既是战士，便应当敏捷矫健，生龙活虎的冲锋陷阵。我们强壮的身体支持着我们坚定的意志。笔粗拳头大，气足心才热烈。我们都该自爱自惜。成为铁血文人，在这到处是血腥与炮火的时候，我们才能发出怒吼。惭愧，我到时候非去休息不可，因为身体弱；我是怎样的期待着那大时代锻炼出来的文艺生力军，以严肃的生活，雄美的体格，把"白面"与"文弱"等等可耻的形容词从此扫刷了去，而以粗莽英武的姿态为新中国高唱前进的战歌呢！浪漫，为什么不可以呢？！然而我们的浪漫必是上马杀敌，下马为文的那种磊落豪放的气概与心胸，必是坚苦卓绝，以牺牲为荣，为正义而战的那种伟大的英雄主义。以玫瑰色的背心，或披及肩项的卷发，为浪漫的象征，是死与无心肝的象征啊。

自恨使我睡不熟，不由的便想起了妻儿。当学校初一停课，学生来告别的时候，我的泪几乎终日在眼圈里转。"先生！我们去流亡！"出自那些年轻的朋友之口，多么痛心呢！有家，归去不得。学校，难以存身。家在北，而身向南，前途茫茫，确切可靠的事只有沿途都有敌人的轰炸与扫射！啊，不久便轮到了我，我也必得走出来呀！妻小没法出来，我得向她们告别！我是家长，现在得把她们交给命运。我自己呢，谁知道能走到哪里去呢！我只是一个影子，对家属全没了作用，而自己也不知自己的明日如何。小儿女们还帮着我收拾东西呢！

我没法不狠心。我不能把自己关在亡城里。妻明白这个，她也明白，跟我出来，即使可能，也是我的累赘。我照应她们，便不能尽量作我所能与所要作的事。她也狠了心。只有狠心才能互相割舍，只有狠心才见出互相谅解。她不是非与丈夫揽臂而行不可的那种妇女，她平日就不以领着我去看电影为荣，所以今天可以放了我，使我在这四个月间还能勤苦的动我的笔。

假若——呕，我真不敢这样想！——她是那从电影中学得一套虚伪娇贵的妇女，必定要同我出来，在逃难的时候，还穿着高跟鞋，我将怎办呢？我亲眼看见，在汉口最阔绰的饭店与咖啡馆中，摆着一些向她们的丈夫演着影戏的妇女。她们据说是很喜爱文艺呀。她们的丈夫们是否文艺家，我不晓得；我只不放心，假若她们的丈夫确是作者，他们能否在伺候太太而外，还有工夫去写文章呢？假若在半夜由咖啡馆回到家中，他还须去写作，她能忍受在天明的时节，看到他的苦相——与男明星绝对相反的气度与姿态吗？

我想念我的妻与儿女，我觉得太对不起她们，可是在无可奈何之中，我感谢她，我必须拼命地去作事，好对得起她。由悬念而自励，一个有欠摩登的妇人，是怎样的能帮助像我这样的人哪！严肃的生活，来自男女彼此间的彻底谅解，互助互成。国难期间，男女间的关系，是含泪相誓，各自珍重，为国效劳。男儿是兵，女子也是兵，都须把最崇高的情绪生活献给这血雨刀山的大时代。夫不属于妻，妻不属于夫，他与她都属于国家。香艳温柔的生活只足以对得起好莱坞的苦心，只足以使汉口香港畸形的繁荣；而真正的汉奸所期望的也并不与这个相差甚远吧？

现在，又十点钟了！空袭警报刚解除不久。在探射灯的交插处，我看见八架，六架，银色的铁鹰；远处起了火！我必须去睡。谁知道明日见得着太阳与否呢？但是今天我必作完今天的事，明天再作明天的事。生与死都不算什么，只求生便生在，死便死在，各尽其力，民族必能于复兴的信念中。去睡呀，明日好早起。今天或者不再难以入梦了，我的忧思与感触已写在了这里一些；对老友谈心，或者能有定心静气的功效的。假若你以为这封信被别人看到，也能有些好处，那就不妨把它发表，代替你要我写的短文吧。

《大风》已收到，谢谢！希望它更硬一些。

全国文艺界抗敌协会拟在本月下旬开成立大会，希望简公们都入会。你若能来赴会，更好！祝

安！

老舍 武昌，二十七，三，十五夜。

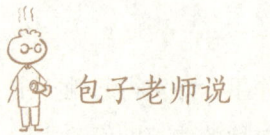

　　这封信写于1938年3月15日夜。陶亢德是现代作家、编辑家，是当时上海《宇宙风》的编辑，也是老舍的朋友。老舍曾给《宇宙风》写长篇连载小说《病夫》，后因战事而中断，小说也散佚不存。写这封信时，老舍正在为全国文艺界抗敌协会的成立而奔忙。此时，青岛已经沦陷，而妻子刚生下女儿舒雨不久。国难当头，"夫不属于妻，妻不属于夫"，老舍抛妻别子，离开青岛到武汉与爱国同仁筹备抗敌协会。此时的老舍一改之前幽默的文风，以极深挚严肃的笔触写了大量战时文章，以实际行动声援了抗日前线，表达了深切的忧国忧民之情。这封信即体现了他在民族危亡之际，勇于担当及大无畏的牺牲精神。他虽然身体状况欠佳，但仍以笔为武器，"差不多连星期天也不肯停笔"，希望文章"也许能在读众心中发生一些好的作用"；但文章的作用毕竟是有限的，到处都有人在悲壮地牺牲，仍有家庭被拆散，有城市被轰平，一夜之间不知有多少妇孺变成寡妇孤儿，全民族都在血腥里、炮火下苟延残喘。老舍深感自己的无力和弱小，因而难过，甚至自责，夜不能寐。信文表达了他的无畏牺牲精神和浪漫英雄主义情怀："生与死都不算什么，只求生便生在，死便死在，各尽其力，民族必能于复兴的信念中"；"我们的浪漫必是上马杀敌，下马为文的那种磊落豪放的气概与心胸，必是坚苦卓绝，以牺牲为荣，为正义而战的那种伟大的英雄主义"。但因身体欠佳，老舍常感到力不从心，所以在信中对文艺界的年轻朋友提出了倡议和要求，希望他们要顾及身体保养与锻炼，强壮的身体才能支撑坚定的意志。

　　写完信后的一个月，协会成立，老舍担任协会总务部主任，负责主持日常工作。之后他随协会将总部搬到重庆，一去就是7年。老舍在民族危亡关头担负起了一个作家的使命，并说：在我入墓那一天，我愿有人赠我一块短碑，刻上"文艺界尽责的小卒，睡在这里"。

冰 心

寄小读者　通讯九

　　这是我姊姊由病院寄给父亲的一封信，描写她病中的生活和感想，真是比日记还详。我想她病了，一定不能常写信给"儿童世界"的小读者。也一定有许多的小读者，希望得着她的消息。所以我请于父亲，将她这封信发表。父亲允许了，我就略加声明当作小引，想姊姊不至责我多事？

　　　　　　一九二四年一月二十二日，冰仲，北京交大。

亲爱的父亲：

　　我不愿告诉我的恩慈的父亲，我现在是在病院里；然而尤不愿有我的任一件事，隐瞒着不叫父亲知道！横竖信到日，我一定已经痊愈，病中的经过，正不妨作记事看。

　　自然又是旧病了，这病是从母亲来的。我病中没有分毫不适，我只感谢上苍，使母亲和我的体质上，有这样不模糊的连结。血赤是我们的心，是我们的爱，我爱母亲，也并爱了我的病！

　　前两天的夜里——病院中没有日月，我也想不起来——S女士请我去晚餐。在她小小的书室里，灭了灯，燃着闪闪的烛，对着熊熊的壁炉的柴火，谈着东方人的故事。——一回头我看见一轮淡黄的月，从窗外正照着我们；上下两片轻绡似的白云，将她托住。S女士也回头惊喜赞叹，匆匆的饮了咖啡，披上外衣，一同走了出去。——原来不仅月光如水，疏星也在天河边闪烁。

她指点给我看：那边是织女，那个是牵牛，还有仙女星，猎户星，孪生的兄弟星，王后星，末后她悄然的微笑说："这些星星方位和名字，我一一牢牢记住。到我衰老不能行走的时候，我卧在床上，看着疏星从我窗外度过，那时便也和同老友相见一般的喜悦。"她说着起了微喟。月光照着她飘扬的银白的发，我已经微微的起了感触：如何的凄清又带着诗意的句子呵！

我问她如何会认得这些星辰的名字，她说是因为她的弟弟是航海家的缘故，这时父亲已横上我的心头了！

记否去年的一个冬夜，我同母亲夜坐，父亲回来的很晚。我迎着走进中门，朔风中父亲带我立在院里，也指点给我看：这边是天狗，那边是北斗，那边是箕星。那时我觉得父亲的智慧是无限的，知道天空缥缈之中，一切微妙的事，——又是一年了！

月光中S女士送我回去，上下的曲径上，缓缓的走着。我心中悄然不怡——半夜便病了。

早晨还起来，早餐后又卧下。午后还上了一课，课后走了出来，天气好似早春，慰冰湖波光荡漾。我慢慢的走到湖旁，临流坐下，觉得弱又无聊。晚霞和湖波的细响，勉强振起我的精神来，黄昏时才回去。夜里九时，她们发觉了，立时送我入了病院。

医院是在小山上学校的范围之中，夜中到来看不真切。医生和看护妇在灯光下注视着我的微微的笑容，使我感到一种无名的感觉。——一夜很好，安睡到了天晓。

早晨绝早，看护妇抱着一大束黄色的雏菊，是闭璧楼同学送来的。我忽然下泪忆起在国内病时床前的花了，——这是第一次。

这一天中睡的时候最多，但是花和信，不断的来，不多时便屋里满了清香。玫瑰也有，菊花也有，还有许多不知名的。每封信都很有趣味，但信末的名字我多半不认识。因为同学多了，只认得面庞，名字实在难记！

我情愿在这里病，饮食很精良，调理的又细心。我一切不必自己劳神，连头都是人家替我梳的。我的床一日推移几次，早晨便推近窗前。外望看见礼拜堂红色的屋顶和塔尖，看见图书馆，更隐隐的看见了慰冰湖对岸秋叶落尽，楼台也露了出来。近窗有一株很高的树，不知道是什么名字。昨日早上，我看见一只红头花翎的啄木鸟，在枝上站着，好一会才飞走。又看见一头很小的松鼠，在上面往来跳跃。

从看护妇递给我的信中，知道许多师长同学来看我，都被医生拒绝了。我自此便闭居在这小楼里，——这屋里清雅绝尘，有加无已的花，把我围将起来。我神志很清明，却又混沌，一切感想都不起，只停在"臣门如市，臣心如水"的状态之中。

何从说起呢？不时听得电话的铃声响：

"……医院……她么？……很重要……不许接见……眠食极好，最重要的是静养，……书等明天送来罢，……花和短信是可以的……"

差不多都是一样的话，我倚枕模糊可以听见。猛忆起今夏病的时候，电话也一样的响，冰仲弟说：

"姊姊么——好多了，谢谢！"

觉得我真是多事，到处叫人家替我忙碌——这一天在半醒半睡中度过。

第二天头一句问看护妇的话，便是"今天许我写字么？"她笑说："可以的，但不要写的太长。"我喜出望外，第一封便写给家里，报告我平安。不是我想隐瞒，因不知从哪里说起。第二封便给了闭璧楼九十六个"西方之人兮"的女孩子。我说：

"感谢你们的信和花带来的爱！——我卧在床上，用悠暇的目光，远远看着湖水，看着天空。偶然也看见草地上，图书馆，礼堂门口进出的你们。我如何的幸福呢？没有那几十页的诗，当功课的读。没有晨兴钟，促我起来。我闲闲的背着诗句，看日影渐淡，夜中星辰当着我的窗户；如不是因为想你们，我真不想回去了！"

信和花仍是不断的来。黄昏时看护妇进来，四顾室中，她笑着说："这屋里成了花窖了。"我喜悦的也报以一笑。

我素来是不大喜欢菊花的香气的，竟不知她和着玫瑰花香拂到我的脸上时，会这样的甜美而浓烈！——这时趁了我的心愿了！日长昼永，万籁无声。一室之内，惟有花与我。在天然的禁令之中，杜门谢客，过我的清闲回忆的光阴。

把往事一一提起，无一不使我生美满的微笑。我感谢上苍：过去的二十年中，使我一无遗憾，只有这次的别离，忆起有些儿惊心！

B夫人早晨从波士顿赶来，只有她闯入这清严的禁地里。医生只许她说，不许我说。她双眼含泪，苍白无主的面颜对着我，说："本想我们有一个最快乐的感恩节……然而不要紧的，等你好了，我们另有一个……"

我握着她的手，沉静的不说一句话。等她放好了花，频频回顾的出去之后，望着那"母爱"的后影，我潸然泪下——这是第二次。

夜中绝好，是最难忘之一夜。在众香国中，花气氤氲（yīn yūn）。我请看护妇将两盏明灯都开了，灯光下，床边四围，浅绿浓红，争妍斗媚，如低眉，如含笑。窗外严净的天空里，疏星炯炯，枯枝在微风中，颤摇有声。我凝然肃然，此时此心可朝天帝！

猛忆起两句：

> 消受白莲花世界，
> 风来四面卧中央。

这福是不能多消受的！果然，看护妇微笑的进来，开了窗，放下帘子，挪好了床，便一瓶一瓶的都抱了出去，回头含笑对我说："太香了，于你不宜，而且夜中这屋里太冷。"——我只得笑着点首，然终留下了一瓶玫瑰，放在窗台上。在黑暗中，她似乎知道现在独有她慰藉我，便一夜的温香不断——

"花怕冷，我便不怕冷么？"我因失望起了疑问，转念我原是不应怕冷的，便又寂然心喜。

日间多眠，夜里便十分清醒。到了连书都不许看时，才知道能背诵诗句的好处，几次听见车声隆隆走过，我忆起：

水调歌从邻院度，
雷声车是梦中过。

朋友们送来一本书，是

Student's Book of Inspiration

内中有一段恍惚说：

"世界上最难忘的是自然之美，……有人能增加些美到世上去，这人便是天之骄子。"

真的，最难忘的是自然之美！今日黄昏时，窗外的慰冰湖，银海一般的闪烁，意态何等清寒？秋风中的枯枝，丛立在湖岸上，何等疏远？秋云又是如何的幻丽？这广场上忽阴忽晴，我病中的心情，又是何等的飘忽无着？

沉黑中仍是满了花香，又忆起：

到死未消兰气息，
他生宜护玉精神！

父亲！这两句我不应写了出来，或者会使你生无谓的难过。但我欲其真，当时实是这样忽然忆起来的。

没有这般的孤立过，连朋友都隔绝了，但读信又是怎样的有趣呢？

一个美国朋友写着：

"从村里回来，到你屋去，竟是空空。我几乎哭了出来！看见你相片立在桌上，我也难过。告诉我，有什么我能替你做的事情，我十分乐意听你的命令！"

又一个写着说：

"感恩节近了，快康健起来罢！大家都想你，你长在我们的心里！"

但一个日本的朋友写着：

"生命是无定的，人们有时虽觉得很近，实际上却是很远。你和我隔绝了，但我觉得你是常常近着我！"

中国朋友说：

"今天怎么样，要看什么中国书么？"

都只寥寥数字，竟可见出国民性——一夜从杂乱的思想中度过。

清早的时候，扫除橡叶的马车声，碾破晓静。我又忆起：

> 马蹄隐隐声隆隆，
> 入门下马气如虹。

底下自然又连带到：

> 我今垂翅负天鸿，

他日不羞蛇作龙！

这时天色便大明了。

今天是感恩节，窗外的树枝都结上严霜，晨光熹微，湖波也凝而不流，做出初冬天气。——今天草场上断绝人行，个个都回家过节去了。美国的感恩节如同我们的中秋节一般，是家族聚会的日子。

父亲！我不敢说是"每逢佳节倍思亲"，因为感恩节在我心中，并没有什么甚深的观念。然而病中心情，今日是很惆怅的。花影在壁，花香在衣。濛濛的朝霭中，我默望窗外，万物无语，我不禁泪下。——这是第三次。

幸而我素来是不喜热闹的。每逢佳节，就想到幽静的地方去。今年此日避到这小楼里，也是清福。昨天偶然忆起辛幼安的《青玉案》：

众里寻他千百度——
　蓦然回首，
　　那人却在，
　　　灯火阑珊处。

我随手便记在一本书上，并附了几个字：

"明天是感恩节，人家都寻欢乐去了，我却闭居在这小楼里。然而忆到这孤芳自赏，别有怀抱的句子，又不禁喜悦的笑了。"

花香缠绕笔端，终日寂然。我这封信时作时辍，也用了一天工夫。医生替我回绝了许多朋友，我恍惚听见她电话里说："她今天看着中国的诗，很平静，很喜悦！"

我便笑了，我昨天倒是看诗，今天却是拿书遮着我的信纸。父亲！我又淘气了！

看护妇的严净的白衣，忽然现在我的床前。她又送一束花来给我——同时她发觉了我写了许多，笑着便来禁止，我无法奈她何。——她走了，她实是一个最可爱的女子，当她在屋里蹀躞之顷，无端有"身长玉立"四字浮上脑海。

当父亲读到这封信时，我已生龙活虎般在雪中游戏了，不要以我置念罢！——寄我的爱与家中一切的人！我记念着他们每一个！

这回真不写了，——父亲记否我少时的一夜，黑暗里跑到山上的旗台上去找父亲，一星灯火里，我们在山上下彼此唤着。我一忆起，心中就充满了爱感。如今是隔着我们挚爱的海洋呼唤着了！亲爱的父亲，再谈罢，也许明天我又写信给你！

女儿莹倚枕

一九二三年十一月二十九日

作者简介

冰心（1900—1999），原名谢婉莹。福建长乐人。著名女作家。1920年发表处女作小说，同时发表小诗三百余首，结集为《春水》《繁星》，开五四运动后小诗的先河。1921年加入文学研究会。其书信体散文《寄小读者》产生了较大影响。曾任教于燕京大学和清华大学。有《冰心全集》行世。

包子老师说

　　1923年，冰心赴美留学期间把途中见闻和异国生活的感受写成书信体散文《寄小读者》，作品文风婉约清丽，被时人称为"冰心体"，产生了广泛的影响。这封信中弥漫着对亲人、对友人、对自然、对生命的爱，由此可大致领略"冰心体"的风格。

　　冰心的文章大多表现的是母爱，很少表现父爱，这封信是为数不多的表现父爱的。虽然也以书信体散文的方式发表，但这其实是一封真实的书信，是冰心留美期间生病住院后写给父亲的。冰心母亲多病，她童年的大部分时光是在父亲身边度过的。因而在表现父爱时，她常常会写到童年时光，这封信也不例外。信末以真实的童年回忆作结，使得信中流露的情感更为真挚、更加亲切。

给梁实秋

实秋:

你的信,是我们许多年来,从朋友方面所未得到的,真挚痛快的好信!看完了予我们以若干的欢喜。志摩死了,利用聪明,在一场不人道不光明的行为之下,仍得到社会一班人的欢迎的人,得到一个归宿了!我仍是这么一句话。上天生一个天才,真是万难,而聪明人自己的糟蹋,看了使我心痛。志摩的诗,魄力甚好,而情调则处处趋向一个毁灭的结局。看他"自剖"里的散文,"飞"等等,仿佛就是他将死未绝时的情感,诗中尤其看得出。我不是信预兆,是说他十年来心理的蕴酿,与无形中心灵的绝望与寂寥,所形成的必然的结果!人死了什么都太晚,他生前我对着他没有说过一句好话。最后一句话,他对我说的:"我的心肝五脏都坏了,要到你那里圣洁的地方去忏悔!"我没说什么。我和他从来就不是朋友,如今倒怜惜他了,他真辜负了他的一股子劲!

谈到女人,究竟是"女人误他?""他误女人?"也很难说。志摩是蝴蝶,而不是蜜蜂,女人的好处就得不着,女人的坏处就使他牺牲了。——到这里,我打住不说了!

我近来常常恨我自己。我真应当常写作。假如你喜欢"我劝你"那种的诗,我还能写他一二十首。无端我近来又教了书，天天看不完的卷子，使我头痛心烦。是我自己不好，只因我有种种责任，不得不要有一定的进款来应用。过年我也许不干或少教点，整个的来奔向我的使命和前途。

我很愿意见见你，朋友们真太疏远了！年假能来么？我们约了努生，也约了昭涵，为国家你们也应当聚首了。我若百无一长，至少能为你们煮咖啡！

小孩子可爱的很，红红的颊，卷曲的浓发，力气很大，现在就在我旁边玩。他长的像文藻，脾气像我，也急，却爱笑，一点也不怕生。

请太太安

冰心

十一月廿五（1931年）

 包子老师说

冰心夫妇与梁实秋是挚友，有长达几十年的友情。这封信写于徐志摩离世后，因为面对的是好友，冰心毫不顾忌地谈了对徐志摩的真实看法，对他的离世表示惋惜，却对其之前离婚之种种行为表达了明显的不赞同，言辞很是直接犀利。她痛心于徐志摩没有珍惜自己的才华，糟蹋了天赋，对他把精力花在与女性"蝴蝶恋花"的游戏上而惋惜。信中可明确看出冰心对女性"坏处"的微词。写此信时，冰心执教于燕京大学和清华大学，她在信中坦陈自己忙于生计而无暇

写作，天天改卷子头痛心烦。信末，她提到可爱的孩子，字里行间尽显母爱。此信内容很私人化，文笔随意自然，显见与收信人关系之亲厚。

致赵清阁

清阁：

  巴金摔跤，我知道了已去信问候，小林电话说已好一点。

  得来信，知道你也患过腹泻，我是早已好了。医生也没说出什么道理，像你说的，"检查不检查都一样"。

  春节过得太热闹了，主要是客人多，我有点烦。倒是清净些好，有时话说多了，夜里总睡不好，至于"儿女绕膝"也是麻烦。"此山看着彼山高"，大概是人之常情，一笑！

  上海冬天不好过，这些我知道，希望你能用手炉、脚炉或暖水袋，多得热气。你我的相片，不是陈恕❶照的，大概是陈钢❷照的，他把相片都给巴金办的"中国现代文学馆"，等我问问他有底片没有？

  你千万保重。

冰心

一九八九年三月一日

❶ 陈恕，北京外国语大学教授，冰心女婿。
❷ 陈钢，冰心的外孙。

　　赵清阁是著名女作家、编辑家、画家，是冰心的好友。这是一封家常问候信，信中谈及日常琐事，对于年节来往客人之多感到心烦，儿女侄孙辈"绕膝"也觉得麻烦，尽显常人之情。冰心有几个至交好友，如巴金、萧乾、梁实秋，信中的"小林"即巴金的女儿。写此信时，老友们都已到了晚年，因而信中最主要的便是嘘寒问暖，对老友身体的关切。

给王安忆

亲爱的安忆：

你那本长篇收到了，我觉得不如你从前写的那般好看，你要锻炼你的素质如意志、毅力，自控力等等，从那篇小说里，我不大看得出来。

你去一趟日本，感想如何？我案头现在正供着有日本朋友因听到我病了，由国际花店，送来一银盆的鲜花，真美！将来寄张相片给你看，我希望你再写些短篇，祝你母女安吉。

冰心

五、三十、一九八八

 包子老师说

王安忆是当代知名女作家，其母是作家茹志鹃。冰心之前与茹志鹃有过多次的通信，与王安忆的通信当是一种情感的延续。两人的通信很多，冰心对王安忆的称呼由"安忆同志"变为"亲爱的安忆"，可见两人关系越来越近。信的内容也由单纯探讨、指导写作到有了更多的生活细事。冰心对王安忆的小说的评论由客气、含蓄变得更为直接，这封信就毫不客气地说出了自己的看法，告诉王安忆要锻炼素质，由此可见冰心的直率坦诚。

石评梅

致陆晶清

晶清：

　　你走后我很惆怅，我常想到劝朋友的话，我也相信是应该这样做的，但我只觉着我生存在地球上，并不是为了名誉金钱！我很消极，我不希望别一个人能受到我半点物质的援助，更不希望在社会上报效什么义务……? 不积极的生，不消极的死，我只愿在我乐于生活的园内，觅些沙漠上不见的珍品，聊以安慰我这很倏忽的一现，其他在别人悻悻趋赴之途，或许即我惴惴走避之路。朋友！你所希望于我的令名盛业，可惜怕终久是昙花了，我又何必多事使她一现呢？

　　近来脾气愈变愈怪，不尽一点人情的虚伪的义务，如何能在社会里生存，只好为众人的诅咒所包围好了。朋友！我毫无所惧；并且我很满意我现在的地位和事业，是对我极合适的环境。

　　失望的利箭一支一支射进心胸时，我闭目倒在地上，觉着人间确是太残忍了。但当时我绝不希望任何人发现了我的怅惘，用不关痛痒的话来安慰我！我宁愿历史的锤儿，永远压着柔懦的灵魂，从痛苦的瓶儿，倒泻着悲酷的眼泪。在隔膜的人心里，在未曾身历其境的朋友们，他们丝毫不为旁人的忧怖与怨恨，激起他们少许的同情？谁都莫有这诚意呵，为一个可怜无告的朋友，灌注一些勇气，或者给他一星火光！

莫有同情的世界，于我们的心有何用处？在众人环祷的神幔下，谁愿把神灯扑灭，反去黑暗中捉摸光明呵？我硬把过去的历史，看作一场梦，或者是一段极凄悲的故事，但有时我又否定这些是真实。烦闷永久张着乱丝搅扰着我春水似的平静，一切的希望和美满，都同着夕阳的彩霞消灭了：如一个窃贼，摸着粉墙，一步一步的过去了。

晶清！我也明知道运命是怎样避免不了的，同时情感和理智又怎样武装的搏斗？心坎里狂驰怒骋的都是矛盾的思潮，不过确是倦了——现在的我。我不久想在杨柳结织的绿荫下，找点歇息去了！人和人能表同情，处的环境又差不多，这样才可谈一件事的始末，而不致有什么误会和不了解。所以我每次握笔，都愿将埋葬在心里的怨怀，向你面前一泄！朋友：原谅你可怜的朋友的狂妄吧？

祝你春园中的收获！

评梅

作者简介

石评梅（1902—1928），近现代进步女作家、革命家，曾先后同陆晶清编辑《京报》副刊《妇女周刊》、《世界日报》副刊《蔷薇周刊》。1928年9月30日不幸因病早逝。石评梅一生中创作了大量诗歌、散文、小说等，尤以诗歌见长，作品大多以追求爱情、真理，渴望自由、光明为主题。著有《红鬃马》《匹马嘶风录》。

包子老师说

写此信时，石评梅正在北京女子高等师范学校国文科读书。陆晶清是石评梅的好友，该信是石评梅与吴天放初恋受挫后所写，信中她向好友吐露心曲，表达了自己的惆怅与郁闷。

沈从文

致张兆和

历史是一条河

我的小船已把主要滩水全上完了，这时已到了一个如同一面镜子的潭里，山水秀丽如西湖，日头已出，两岸小山皆浅绿色。到辰州只差十里，故今天到地必很早。我照了个相，为一群拉纤人照的。现在太阳正照到我的小船舱中，光景明媚，正同你有些相似处。我因为在外边站久了一点，手已发了木，故写字也不成了。我一定得戴那双手套的，可是这同写信恰好是鱼同熊掌，不能同时得到。我不要熊掌，还是做近于吃鱼的写信吧。这信再过三四点钟就可发出，我高兴得很。记得从前为你寄快信时，那时心情真有说不出的紧处，可怜的事，这已成为过去了。现在我不怕你从我这种信中挑眼儿了，我需要你从这些无头无绪的信上，找出些我不必说的话……

我已快到地了，假若这时节是我们两个人，一同上岸去，一同进街且一同去找人，那多有趣味！我一到地见到了有点亲戚关系的人，他们第一句话，必问及你！我真想凡是有人问到你，就答复他们"在口袋里！"

三三，我因为天气太好了一点，故站在船后舱看了许久水，我心中忽然好像彻悟了一些，同时又好像从这条河中得到了许多智慧。三三，的的确确，得到了许多智慧，不是知识。我轻轻的叹息了好些次。山头夕阳极感动我，水底各色圆石也极感动我，我心中似乎毫无什么渣滓，透明烛照，对河水，对夕阳，对拉船人同船，皆那么爱着，十分温暖的爱着！我们平时不是读历史吗？一本历史书除了告我们些另一时代最笨的人相斫相杀以外有些什么？但真的历史却是一条河。从那日夜长流千古不变的水里石头和砂子，腐了的草木，破烂的船板，使我触着平时我们所疏忽了若干年代若干人类的哀乐！我看到小小渔船，载了它的黑色鸬鹚向下流缓缓划去，看到石滩上拉船人的姿势，我皆异常感动且异常爱他们。我先前一时不还提到过这些人可怜的生，无所为的生吗？不，三三，我错了。这些人不需我们来可怜，我们应当来尊敬来爱。他们那么庄严忠实的生，却在自然上各担负自己那分命运，为自己，为儿女而活下去。不管怎么样活，却从不逃避为了活而应有的一切努力。他们在他们那分习惯生活里、命运里，也依然是哭、笑、吃、喝，对于寒暑的来临，更感觉到这四时交递的严重。三三，我不知为什么，我感动得很！我希望活得长一点，同时把生活完全发展到我自己这份工作上来。我会用我自己的力量，为所谓人生，解释得比任何人皆庄严些与透入些！三三，我看久了水，从水里的石头得到一点平时好像不能得到的东西，对于人生，对于爱憎，仿佛全然与人不同了。我觉得惆怅得很，我总像看得太深太远，对于我自己，便成为受难者了。这时节我软弱得很，因为我爱了世界，爱了人类。三三，倘若我们这时正是两人同在一处，你瞧我眼睛湿到什么样子！

三三，船已到关上了，我半点钟就会上岸的。今晚上我恐怕无时间写信了，我们当说声再见！三三，请把这信用你那体面温和眼睛多吻几次！我明天若上行，会把信留到浦市发出的。

二哥
一月十八下午四点半

这里全是船了！

作者简介

沈从文（1902—1988），原名沈岳焕。湖南凤凰人，苗族。现代作家、学者。作品宏富，极具特色，用文字成功构筑了一个富有人情美和风俗美的、迷人的"湘西世界"。代表作有《边城》《长河》《湘行散记》等。

包子老师说

这是沈从文写给妻子张兆和的信。张兆和在家排行老三，所以沈从文常以"三三"昵称她；而沈从文在家行二，张兆和则以"二哥"称之。沈从文对张兆和一见钟情，随后对其展开了持久的追求，他写了四年的情书，始终没有得到张兆和明确的回应。张兆和在上海中国公学毕业的那一年，在家乡苏州给沈从文发电报"乡下人喝杯甜酒吧……"这喻示着沈从文四年的情书马拉松终于有了一个甜蜜的结果。他们于1933年9月在北平结婚。

婚后第二年年初，沈母病重，沈从文离别新婚妻子，回湘西探望母亲。漂行在水上，他有许多心里话要倾诉。在船上，他给张兆和写了很多信，画了很多速写。因心头有爱，笔底才格外温柔。《历史是一条河》是船行辰州时给张兆和的信。这篇水做的文字，极清澈，极温暖。信中谈到自己对历史、人生、生活看法的转变，由之前启蒙知识分子对普通民众"可怜的生，无所为的生"的哀怜变成对他们的尊敬和爱，为他们切实地活着、自然担负起自己的责任而感动，并且受到触动，想要把生活完全发展到自己的工作中。他对历史、对人生的看法也比之前更为深远透彻，这一系列的变化显示出沈从文作为作家具有敏锐的洞察力。

致胡适

适之先生：

　　昨为从文谋教书事，思之数日，果于学校方面不至于弄笑话，从文可试一学期。从文其所以不敢作此事，亦只为空虚无物，恐学生失望，先生亦难为情耳。从文意，在功课方面恐将来或只能给学生以趣味，不能给学生以多少知识，故范围较窄钱也不妨少点，且任何时学校感到从文无用时，不要从文也不甚要紧。可教的大致为改卷子与新兴文学各方面之考察，及个人对各作家之感想，关于各教学方法，若能得先生为示一二，实为幸事。事情在学校方面无问题以后，从文想即过吴淞租屋，因此间住于家母病人极不宜，且贵，眼前两月即感束手也。

　　专上敬颂教安。

沈从文　上

 包子老师说 ⬤

　　1929年，沈从文与丁玲、胡也频合办的月刊《红黑》，因经济上的亏损，投入的钱收不回来，靠写文为生的沈从文陷入了生活的困顿。经徐志摩推荐，他被中国公学聘任为讲

师，主讲一年级"新文学研究"和"小说习作"两门课。沈从文学历不高，只有小学学历，后在北京大学做了几年旁听生。胡适时任校长，沈从文接到胡适的聘书后，被胡适不囿（yòu）于学历出身的大胆尝试所感动。于是，他怀着感激和惶恐的心情给胡适写了这封信，这封信也是他写给胡适的第一封信，写得谦卑而诚恳。那时，沈从文已经是崭露头角的作家，但还是担心自己讲得"空虚无物"，让学生失望，所以说学校随时可以不用自己。沈从文"不会说话，无口才"，教书对于他来讲是不得已的，而且是痛苦不堪的。对胡适，他并不讳言自己的尴尬感受，之后几次让胡适找人接替自己的工作。正因为这份工作让沈从文有了固定的收入，由此也看出胡适用人的不拘一格。后来，两人成为好友，沈从文常与胡适分享自己的工作、生活乃至爱情。

林徽因

致金岳霖

老金:

多久多久了，没有用中文写信，有点儿不舒服。

John到底回美国来了，我们愈觉到寂寞，远，闷，更盼战事早点结束。

一切都好。近来身体也无问题的复原，至少同在昆明时完全一样。本该到重庆去一次，一半可玩，一半可照X光线等。可惜天已过冷，船甚不便。

思成赶这一次大稿❶，弄得苦不可言。可是总算了一桩大事，虽然结果还不甚满意，它已经是我们好几年来想写的一种书的起头。我得到的教训是，我做这种事太不行，以后少做为妙，虽然我很爱做。自己过于不efficient❷，还是不能帮思成多少忙！可是我学到许多东西，很有趣的材料，它们本身于我也还是有益。

已经是半夜，明早六时思成行。

我随便写几行，托John带来，权当晤面而已。

徽寄爱

---

❶ 梁思成当时正用英文撰写《图像中国建筑史》。

❷ efficient，英语，意为有效率。

作者简介

林徽因（1904—1955），又名徽音。现代作家，中国第一位女性建筑学家。曾参与中华人民共和国国徽、人民英雄纪念碑的设计工作，代表作品有《你是人间的四月天》《一片阳光》等。

包子老师说

这封信写于1943年费正清，即信中的John回国后。费正清是美国人，精通汉文化，当时作为美国国务院的文化官员被派来中国，与林徽因、梁思成及金岳霖是好友；他在梁思成的中国古建筑研究方面给予了很大的帮助。金岳霖是著名哲学家，与林徽因一家交好，是林徽因的爱慕者。当时正值抗战时期，战况不容乐观，一别恐怕再也见不到了。为此，林、梁深感遗憾和沮丧，林徽因更是感到寂寞与苦闷。在这种情况下，她给金岳霖写了这封信，告知了自己的近况。看得出彼此关系很熟。信中谈及的梁思成撰写英文版《图像中国建筑史》一书的事，从客观上使读者了解到梁思成夫妇为了中国建筑研究事业而进行的艰苦卓绝的努力，令人感动。

巴 金

致张兆和

三姐：

　　信悉。从文这次走得太突然，又去得安安静静，没有痛苦，又不惊动别人。小林参加告别仪式，觉得他好像睡在花丛中，没有噪音，没有惊扰，他倾听着自己喜欢的音乐。

　　他去了，的确清清白白，于心无愧。他奉献了那么多，却又享用这么少。我想起那个小房间，想起那张小桌子，感到十分惭愧。没有同他的遗体告别，我非常难过。这些日子我常常在想三十年代、四十年代的一些事情，我多留恋在你们家"作食客"的日子！现在我也得把我生活的一部分埋葬了。

　　谢谢您的关心和鼓励。我比从文小两岁，虽然多病，但还未完全躺倒，只是行动不便，讲话吃力，写字困难，不过我总要争取多活，也可能多活。想到从文，我觉得眼前多了一个榜样：不声不响地做自己的工作。我要向他学习，这不是客气话。

　　您多多保重吧。这些年您太辛苦了。从文在困难的时候一直得到您的照顾，这是他的幸福。没有您，他后半生会遇到更多的困难，也不一定取得这么大的成就。因此作为读者，作为朋友，我都要感谢您。再说一句：请保重。祝

　　好！

巴金 六月十八日

作者简介

巴金（1904—2005），原名李尧棠，字芾甘。中国作家、翻译家。1927年赴巴黎留学，其间创作了《灭亡》，于1929年以"巴金"的笔名发表。中华人民共和国成立后，历任开明出版社总编辑，作协上海分会主席、名誉主席，中国作家协会主席，中国文联副主席，第六至十届全国政协副主席。1982年获"国际但丁文学奖"，2003年被国务院授予"人民作家"荣誉称号。有小说《家》《春》《秋》和杂文集《随想录》等，有《巴金全集》行世。

包子老师说

这封信是沈从文去世后，巴金写给沈从文夫人张兆和的。巴金与沈从文一生过从甚密，情谊相笃。早在20世纪30年代，两人就结下了深厚的友情。那时，沈从文用小方桌写《边城》，巴金在里屋写《雪》，各写各的，互不相看。沈从文与张兆和结婚后，巴金去北平探望他们，一住两三个月，吃住写作都在沈从文家。信中提到的"小方桌""作食客"即指此。新中国成立后，沈从文一直从事文物史研究工作，在中国古代服饰研究方面有很深的造诣。后来，沈从文的作品一度被边缘化，很少被提及，即便提到也比较负面，直到他去世时这种情况也未改观。沈从文信中提到的"困难""成就""不声不响地做事""安安静静地走""没有噪音""没有惊扰"即指这些情况。此信写得朴素无华，表面平静，却难掩痛失挚友的悲痛和内心的不平。这封信后，巴金写了长文《怀念从文》，再度表达了痛悼和思念之情。

左 权

给妻子刘志兰的信

志兰：

就江明同志回延之便再带给你几个字。

乔迁同志那批过路的人，在几天前已安全通过敌之封锁线了，很快可以到达延安，想来不久你可看到我的信。

希特勒"春季攻势"作战已爆发，这将影响日寇行动及我国国内局势。国内局势将如何变迁不久或可明朗化了。

我担心着你及北北，你入学后望能好好地恢复身体，有暇时多去看看太北，小孩子极需人照顾的。

此间一切如常，惟生活则较前艰难多了，部队如不生产则简直不能维持。我也种了四五十棵洋姜，还有二十棵西红柿，长得还不坏。今年没有种花，也很少打球。每日除照常工作外，休息时玩玩扑克与斗牛。志林很爱玩牌，晚饭后经常找我去打扑克，他的身体很好，工作也不坏。

想来太北长得更高了，懂得很多事了，她在保育院情形如何？你是否能经常去看她？来信时希望多报道太北的一切。在闲游与独坐中，有时总仿佛有你及北北与我在一块玩着、谈着，特别是北北非常调皮，一时在地下，一时爬到妈妈怀里，又由妈妈怀里转到爸爸怀里来闹个不休，真是快乐。可惜三个人分在三处，假如在一块的话，真痛快极了。

重复说我虽如此爱太北，但如时局有变，你可大胆按情处理太北的问题，不必顾及我。一切以不再多给你受累，不再多妨碍你的学习及妨碍必要时之行动为原则。

志兰！亲爱的：别时容易见时难，分离二十一个月了，何日相聚？念、念、念、念！愿在党的整顿三风下各自努力，力求进步吧！以进步来安慰自己，以进步来酬报别后衷情。

不多谈了，祝你好！

叔仁

五月廿二日晚

有便多写信给我。

又自本区开始扫荡，明日准备搬家了，托孙仪之同志带的信未交出，一同付你。

作者简介

左权（1905—1942），原名左纪权，字孳麟，号叔仁。湖南醴（lǐ）陵人。中国工农红军及八路军高级指挥员，无产阶级革命家、军事家。

 **包子老师说**

这是1942年左权牺牲前三天写给妻子的信。残酷的战争将左权将军一家人分隔在三个不同的地方。自1940年到1942

年，左权已与其深爱的妻子、女儿分别了整整21个月。1942年5月19日，日军对太行山抗日根据地北部进行了大扫荡，22日到达左权将军所在部队驻地附近，部队被迫进行转移。出发前，左权写了这封家书，但没想到，这封带着浓浓思念和爱意的信，竟是最后一封。因为在接下来的战斗中，左权不幸中弹牺牲。远在延安的妻子收到这封信时，左权已不在人间。后来，刘志兰在纪念丈夫的文章中写道：为了革命我贡献了一切，包括我的丈夫，你所留给我的最深切的是你对革命的无限忠诚，崇高的牺牲精神，和你全部的不可泯灭的深爱。这足以体现左权将军对革命事业的伟大献身精神。

赵一曼

写给儿子的遗书

宁儿：

　　母亲对于你没有能尽到教育的责任，实在是遗憾的事情。

　　母亲因为坚决地做了反满抗日的斗争，今天已经到了牺牲的前夕了。

　　母亲和你在生前是永久没有再见的机会了。希望你，宁儿啊！赶快成人，来安慰你地下的母亲！我最亲爱的孩子啊！母亲不用千言万语来教育你，就用实行来教育你。

　　在你长大成人之后，希望不要忘记你的母亲是为国而牺牲的！

　　　　　　　　　　　　　　　　　一九三六年八月二日

　　　　　　　　　　　　　　　你的母亲赵一曼于车中

作者简介

　　赵一曼（1905—1936），原名李坤泰，四川宜宾人。中国共产党党员，抗日民族英雄。1935年11月在与日伪军作战时受伤被俘。1936年8月2日壮烈牺牲，年仅31岁。

　　这是一封珍贵的遗书，是抗日英雄赵一曼在赴刑场的途中写给儿子的绝笔信。赵一曼是东北抗联某军的团政委，在儿子1岁时即奔赴前线，直到牺牲都没有再见到他。1935年11月，赵一曼为掩护部队而负伤被俘，敌人严刑折磨了她9个月，始终没能从她口中得到任何情报。1936年8月2日，日军将她押往珠河杀害。赵一曼是化名，原名叫李坤泰，因为她始终没有泄露自己的真实姓名，所以这封遗书一直存放在日伪军审讯档案中，直到1957年才被发现。遗书中的宁儿直到1954年才知道自己的母亲就是抗日烈士赵一曼。生命只有一次，谁不愿生；为人父母，谁不爱子？孩子永远是父母的软肋，面对敌人的酷刑可以坚强不屈的英雄，对孩子是无比的温柔，那一句句"宁儿啊""我最亲爱的孩子啊""母亲和你在生前是永久没有再见的机会了"，一字一泪，是多么的心痛和不舍。对孩子越深情，牺牲就越伟大，以身殉国的精神就越令人敬佩。这急就的短短遗书，有九死不悔的大无畏的英雄气概，更有舐犊情深的慈母大爱，催人泪下，感天动地，荡气回肠！

戴望舒

致郁达夫

达夫兄:

前函已收到否? 因为通邮不便, 把什么事情都弄糟了。关于星岛日报事, 已详前函。这里的经理是个孩子, 性急, 做事无秩序, 所以什么都弄得乱七八糟。其实我也太把细, 太要做得漂亮一点, 而某一些人又无耻钻营, 再加上道远音讯阻隔, 结果造成了这个现在的局面。这里, 我只得向他致万分的歉意。

《星座》的稿费始于十八日领到, 我怕你也许要用钱, 在十三号去预支了薪水在十四日寄你, 这时想已收到了吧。这里的事什么都不顺手, 例如稿费的事, 纠葛就发生了不少, 编辑部在七月三十一日就把稿费单发下去, 会计部却搁到五六号才发通知单 (而且不肯直接寄钱, 要等作者寄回收据后才寄)。在本地的作者, 竟有领到十八次才领到的 (例如马国亮), 不知是没预备好还是什么, 今天发一点, 明天发一点, 最迟竟有等到二十一号才领到的 (如叶秋原), 使我们感到异常苦痛, 自领的说我们侮辱他们, 代领的更吃了挪用的冤枉, 谁知道实际情形是如此。这月底以后, 我决定和会计部办交涉, 得一个妥善的办法, 这样下去作者全给他们得罪到了 (特稿稿费收据请寄下, 我替你去代领寄奉)。

《星岛》是否天天收到？星座稿子很是贫乏，务恳仍源源寄稿，至感，至感。中篇小说究竟肯答应给我写否？因为看见你给陶公[1]信上也说写中篇[2]，到底是一个呢，还是两个？

家里孩子病还没有好，自己也因疲倦至而有点支撑不下去，什么时候能过一点悠闲的生活呢！精神生活也寂寞得很，希望从你的信上得到一点安慰，即请　俪安

望舒　二十三日

映霞均此（如达夫离开汉寿，此信务烦转去）行迹已决定后乞来示告知。

作者简介

戴望舒（1905—1950），浙江杭州人。现代诗人。1928年发表《雨巷》，获"雨巷诗人"称号。曾任《现代》杂志编辑，后创办《新诗》月刊和《耕耘》，主编《顶点》及《大公报》文艺副刊等。有《戴望舒诗集》《望舒诗稿》及《小说戏曲论集》《读李娃传》等多部诗集与文艺论著存世。

---

[1] 陶亢德（1908—1983），作家。1937年"八一三"事变后到香港，1938年与简又文等合办《大风（香港）》。

[2] "中篇小说"有误，郁达夫给陶亢德所写的是《回忆鲁迅》。

　　这封信写于1938年。戴望舒与郁达夫是同乡兼好友，抗日战争爆发后，戴望舒到香港主编《星岛日报》，声援抗战，约请郁达夫为其主要撰稿人。1938年7月到9月间，郁达夫去新加坡之前的几个月，他辞去国民党军委第三厅设计委员之职，暂避湖北汉寿，其间应陶亢德之约写了著名的《回忆鲁迅》，即信中戴望舒所误"写小说"事。该信主要谈及创办《星岛日报》之艰难：经理少不更事，不懂管理，报社秩序混乱；稿源贫乏；而且稿酬给付不及时等，吐露了身心俱疲和精神寂寞的苦恼，体现出戴望舒办报之竭诚。预支薪水给郁达夫付稿酬，足见戴望舒之体贴、仁厚。"映霞"为郁达夫妻子，后随郁达夫一起去了新加坡。

傅　雷

致傅聪（三封）

一

　　昨夜一上床，又把你的童年温了一遍。可怜的孩子，怎么你的童年会跟我的那么相似呢？我也知道你从小受的挫折对于你今日的成就并非没有帮助；但我做爸爸的总是犯了很多很重大的错误。自问一生对朋友对社会没有做什么对不起的事，就是在家里，对你和你妈妈做了不少有亏良心的事。——这些都是近一年中常常想到的，不过这几天特别在脑海中盘旋不去，像噩梦一般。可怜过了四十五岁，父性才真正觉醒！

　　今儿一天精神仍未恢复。人生的关是过不完的，等到过得差不多的时候，又要离开世界了。分析这两天来精神的波动，大半是因为：我从来没爱你像现在这样爱得深切，而正在这爱得最深切的关头，偏偏来了离别！这一关对我，对你妈妈都是从未有过的考验。别忘了妈妈之于你不仅仅是一般的母爱，而尤其因为她为了你花的心血最多，为你受的委屈——当然是我的过失——最多而且最深最痛苦。园丁以血泪灌溉出来的花果迟早得送到人间去让别人享受，可是在离别的关头怎么免得了割舍不得的情绪呢？

　　跟着你痛苦的童年一齐过去的，是我不懂做爸爸的艺术的壮年。幸亏你得天独厚，任凭如何打击都摧毁不了你，因而减少了我一部分罪过。可是结果是一回事，当年的事实又是一回事：尽管我埋葬了自己的过去，却始终埋葬不了自己的错误。孩子，孩子！孩子！我要怎样的拥抱你才能表示我的悔恨与热爱呢！

一九五四年一月十九日晚

作者简介

　　傅雷（1908—1966），字怒安，号怒庵。江苏南汇（今属上海市浦东新区）人。现代杰出的文学翻译家、文学评论家、美术评论家。早年留学法国，回国后主要从事翻译工作。一生所译诸多世界名著，主要译作有罗曼·罗兰的《约翰·克利斯朵夫》等及巴尔扎克的《欧也妮·葛朗台》《高老头》《贝姨》等。著有《傅雷家书》《贝多芬的作品及其精神》等。

 包子老师说

　　傅雷一生博览群书，在古今中外的文学、美术、音乐等领域都有着渊博的知识和杰出的见识。傅聪是他的儿子，著名钢琴家。他对儿子的要求很高，希望把傅聪培养成"德艺兼备，人格卓越的艺术家"。1954年1月，傅聪受波兰政府邀请去国外留学。其间，傅雷夫妇给儿子写了百余封信，贯穿

着傅聪出国学习、演奏成名到结婚生子的成长生活，就做人、爱国、音乐、美术、历史、哲学、文学等方面对儿子进行了引导和教育，充满浓浓的关爱和殷殷的期望，后人将之编成《傅雷家书》。这是其中的一封，写于傅聪走后的第二天。

傅雷早年丧父，母亲对他管教非常严格。他小时候贪玩不爱读书，母亲把他绑在桌腿上对着父亲的灵牌以此受罚，把他吓得不轻；温习功课时开小差，母亲就把蜡油滴在他身上，近乎虐待……她用种种严苛的手段敦促傅雷"用功上进，好好读书"。傅雷对小时候的傅聪管教也如他母亲管教他般严格，几近"残酷"。儿子走后的第一天，傅雷就难忍思念之情，写信向儿子忏悔，称自己虐待了孩子，永远对不起孩子，永远补赎不了罪过。这封信充满了愧疚，反思自己对傅聪过于严格，他认识到"这是很严重的错误"，并称父性才觉醒，自己不懂做爸爸的艺术。信中的傅雷一改往日的严厉，满是对儿子深切的爱。

二

你车上的信写得很有趣，可见只要有实情、实事，不会写不好信。你说到李、杜的分别，的确如此。写实正如其他的宗派一样，有长处也有短处。短处就是雕琢太甚，缺少天然和灵动的韵致。但杜也有极浑成的诗，例如"风急天高猿啸哀，诸清沙白鸟飞回，无边落木萧萧下，不尽长江滚滚来……"那首，胸襟意境都与李白相仿佛。还有《梦李白》《天末怀李白》几首，也是缠绵悱恻，至情至性，非常动人的。但比起苏李的离别诗来，似乎还缺少一些浑厚古朴。这是时代使然，无法可想的。汉魏人的胸怀比较更近原始，味道浓，苍茫一片，千古之下，犹令人缅想不已。杜甫有许多田园诗，虽然受渊明影响，但比较之下，似乎也"隔"（王国维语）了一层。回过来说：写实可学，浪漫底克不可学；故杜可学，李不可学；国人谈诗的尊杜的多于尊李的，也是这个缘故。而且究竟像太白那样的天纵之才不多，共鸣的人也少。所谓曲高和寡也。同时，积雪的高峰也令人有"琼楼玉宇，高处不胜寒"之感，平常人也不敢随便瞻仰。

词人中苏辛确是宋代两大家，也是我最喜欢的。苏的词颇有些咏田园的，那就比杜的田园诗洒脱自然了。此外，欧阳永叔的温厚蕴藉也极可喜，五代的冯延巳也极多佳句，但因人品关系，我不免对他有些成见。

在外倘有任何精神苦闷，也切勿隐瞒，别怕受埋怨。一个人有个大二十几岁的人代出主意，决不会坏事。你务必信任我，也不要怕我说话太严，我平时对老朋友讲话也无顾忌，那是你素知的。并且有些心理波动或是郁闷，写了出来等于有了发泄，自己可痛快些，或许还可免做许多傻事。孩子，我真恨不得天天在你旁边，做个监护的好天使，随时勉励你，安慰你，劝告你，帮你铺平将来的路，准备将来的学业和人格……

一九五四年七月二十七日深夜

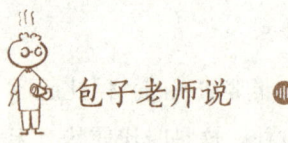

　　傅雷曾对儿子说长篇累牍地给他写信不是空唠叨，而是有以下几种作用：一是把儿子当作一个讨论艺术、音乐的对手；二是极想激出儿子一些青年人的感想，让身为人父的他得到一些新鲜养料，同时也可以间接传布给别的青年；三是借通信训练儿子的文笔，尤其是思想；四是想时时刻刻随处给儿子做个警钟，做面真实的镜子，不论是在做人方面、生活细节方面，还是在艺术修养方面、演奏姿态方面。这封信（有删节）肯定了傅聪的文笔并加以勉励；和他探讨了李白、杜甫之间不同的诗风，苏轼、辛弃疾、欧阳修等的词风，还坦陈了因冯延巳（sì）人品问题对其有成见，可见傅雷对人品之看重。傅雷嘱咐儿子如遇精神苦闷一定要跟他说，发泄出来也好，还抒发了恨不得天天守在儿子身边安慰他，保护他，勉励他，为他铺路的心情。爱子之深之切，见诸笔端。

三

　　你的生活我想像得出，好比一九二九年我在瑞士。但你更幸运，有良师益友为伴，有你的音乐做你崇拜的对象。我二十一岁在瑞士正患着青春期的、浪漫底克的忧郁病：悲观，厌世，彷徨，烦闷，无聊；我在《贝多芬传》译序中说的就是指那个时期。孩子，你比我成熟多了，所有青春期的苦闷，都提前几年，早在国内度过；所以你现在更能够定下心神，发愤为学；不至于像我当年蹉跎岁月，到如今后悔无及。

你的弹琴成绩，叫我们非常高兴。对自己父母，不用怕"自吹自捧"的嫌疑，只要同时分析一下弱点，把别人没说出而自己感觉到的短处也一齐告诉我们。把人家的赞美报告我们，是你对我们最大的安慰；但同时必须深深的检讨自己的缺陷。这样，你写的信就不会显得过火；而且这种自我批判的功夫也好比一面镜子，对你有很大帮助。把自己的思想写下来（不管在信中或是用别的方式），比着光在脑中空想是大不同的。写下来需要正确精密的思想，所以写在纸上的自我检讨，格外深刻，对自己也印象深刻。你觉得我这段话对不对？

我对你这次来信还有一个很深的感想。便是你的感受性极强，极快。这是你的特长，也是你的缺点。你去年一到波兰，弹Chopin（肖邦）的style（风格）立刻变了；回国后却保持不住；这一回一到波兰又变了。这证明你的感受力快极。但是天下事有利必有弊，有长必有短，往往感受快的，不能沉浸得深，不能保持得久。去年时期短促，固然不足为定论。但你至少得承认，你的不容易"牢固执着"是事实。我现在特别提醒你，希望你时时警惕，对于你新感受的东西不要让它浮在感觉的表面；而要仔细分析，究竟新感受的东西，和你原来的观念、情绪，表达方式有何不同。这是需要冷静而强有力的智力，才能分析清楚的。希望你常常用这个步骤来"巩固"你很快得来的新东西（不管是技术是表达）。长此做去，不但你的演奏风格可以趋于稳定、成熟（当然所谓稳定不是刻板化、公式化）；而且你一般的智力也可大大提高，受到锻炼。孩子！

记住这些！深深的记住！还要实地做去！这些话我相信只有我能告诉你。

还要补充几句：弹琴不能徒恃sensation（感觉）、sensibility（敏感）。那些心理作用太容易变。从这两方面得来的，必要经过理性的整理、归纳，才能深深的化入自己的心灵，成为你个性的一部分，人格的一部分。当然，你在波兰几年住下来，熏陶的结果，多少也（自然而然的）会把握住精华。但倘若你事前有了思想准备，特别在智力方面多下功夫，那末你将来的收获一定更大更丰富，基础也更稳固。再说得明白些：艺术家天生敏感，换一个地方，换一批群众，换一种精神气氛，不知不觉会改变自己的气质与表达方式。但主要的是你心灵中最优秀最特出的部分，从人家那儿学来的精华，都要紧紧抓住，深深的种在自己性格里，无论何时何地这一部分始终不变。这样你才能把独有的特点培养得厚实。

其次，我不得不再提醒你一句：尽量控制你的感情，把它移到艺术中去。你周围美好的天使太多了，我怕你又要把持不住。你别忘了，你自誓要做几年清教徒的，在男女之爱方面要过几年僧侣生活，禁欲生活的！这一点千万要提醒自己！时时刻刻防自己！一切都要醒悟得早，收篷收得早；不要让自己的热情升高之后再去压制，那时痛苦更多，而且收效也少。亲爱的孩子，无论如何你要在这方面听从我的忠告！爸爸妈妈最不放心的不过是这些。

你记住一句话：青年人最容易给人一个"忘恩负义"的印象。其实他是眼睛望着前面，饥渴一般的忙着吸收新东西，并不一定是"忘恩负义";但懂得这心理的人很少;你千万不要让人误会。

一九五四年八月十一日午前

包子老师说

　　远在异国他乡的傅聪难免心情苦闷、抑郁,加之青春年少,难免会产生一些情绪上的烦闷。傅雷以自身经历宽慰儿子,激励他摆脱它们,不要蹉跎了岁月。信中,傅雷鼓励儿子要敢于"自吹自擂",让他分析自己的短处并写下来,以此锻炼他的思想。傅雷指出了儿子在艺术学习过程中的特长和不足。优点是傅聪的艺术感受力和领悟能力都很强,学得也快,但感受快的往往会比较浮浅而不能"牢固"住。因此傅雷告诉他要沉浸下去,且保持住,形成稳定成熟的艺术风格,塑造良好的艺术品质。除此之外,傅雷对傅聪这样的青年人求新求变的艺术追求给予了充分的理解和肯定,体现了其客观积极的艺术观。

张锡祜

给父亲张伯苓的信

父亲大人：

自别慈颜，男等于上月九日返赣（gàn），近日男身体精神一切均佳，请大人勿念！时局以近日所见大战当在不远！天津情形前接大哥来信称尚为平静，母亲已迁至英租界！昨见报载南开大中两部已均为日人分别轰炸焚毁！惨哉！大人数十年来心血之所积，一旦为人作无意识之消灭！然此亦可证明大人教育之成绩！因大人平日即不亲日又不附日，而所造成之校友又均为国家之良材！此遭恨敌人之最大原因！而有如此之毁灭！然此又可为大人教育成功之庆也！尤有可喜者，母校虽惨遭不幸，而其独生子——南渝中学，早于去岁成立，而今年又有新建筑成立！望大人万不可过分伤感！而以余力以培养此最可宝贵之独生子，使我南开精神永远光大于我大中华民国之人间！男等现已奉命出发，地点因系秘密性质，函札之中不敢奉禀！一俟有妥善之通讯处，当再禀知！儿昨整理行装，发现二物足以告禀于大人者，其一即去年十月间大人于四川致儿之手谕，其中有引孝经句："阵中无勇非孝也！"儿虽不敏不能奉双亲以终老，然亦不敢为我中华之罪人！遗臭万年有辱我张氏之门庭！此次出发非比往常内战！生死早置度外！望大人勿以儿之胆量为念！其二即为去年十月间绥东抗日时空军出动前委座之训词，今随禀奉上，望大人读此之后不以儿之生死为念！若能凯旋而归，当能奉双亲于故乡以叙天伦之乐，倘有不幸虽负不孝之名，然为国而殉亦能慰双亲于万一也！

家中情形不知近日如何？母亲大人不知是否南下？儿意最好请母亲入川与二哥同住，因沿海各省一旦开战将无一片干静土！母亲一生历尽磨难，而当晚年又遭此变乱，其不使老人太过痛苦耶！不知大人意下以为如何？大人在京如零星事物，可找乐民代办，彼前曾来信托儿转禀，日来准备颇为忙碌，时间仓促余容再禀。专此敬请

金安

男锡祜谨禀

二日晨

作者简介

张锡祜（1912—1937），著名教育家张伯苓第四子，抗日英雄。1931年九一八事变后，日军侵占中国东北地区，国势危殆，张锡祜毅然弃学离家，投军报国，考入中央航校第三期。1937年在执行轰炸任务中殉国，时年25岁。

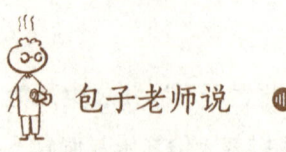

　　张锡祜之父是著名教育家、南开中学和南开大学的创办者张伯苓先生。从航校毕业后，张锡祜驻防江西。1937年与未婚妻张乐民刚刚订婚，他就接到命令开赴淞沪战场，奉命由江西吉安飞赴南京对日作战。当时地面气象测报不准，情势紧急，他冒险飞行，终因天气恶劣，在飞行中途临川失事殉国。这封信写于1937年8月2日，字里行间充满慷慨报国的气概和视死如归的决心，令人肃然起敬；而对父母深切的挂念，又使人潸然泪下。

　　张伯苓几乎是同时接到儿子的这封信和阵亡通知的，得知噩耗后，他沉默良久，突然说："吾早以此子许国，今日之事，自在意中，求仁得仁，复何恸为。"张伯苓父子的这份大义着实令人钦敬，使人感动！

萧红致萧军

均：

　　今天我才是第一次自己出去走个远路，其实我看也不过三五里，但也算了，去的是神保町，那地方的书局很多，也很热闹，但自己走起来也总觉得没什么趣味，想买点什么，也没有买，又沿路走回来了。觉得很生疏，街路和风景都不同，但有黑色的河，那和徐家汇一样，上面是有破船的，船上也有女人，孩子。也是穿着破皮衣裳。并且那黑水的气味也一样。像这样的河巴黎也会有！

　　你的小伤风既然伤了许多日子也应该管他，吃点阿司匹林吧！一吃就好。

　　现在我庄严地告诉你一件事情，在你看到之后一定要在回信上写明！就是第一件你要买个软枕头，看过我的信就去买！硬枕头使脑神经很坏。你若不买，来信也告诉我一声，我在这边买两个给你寄去，不贵，并且很软。第二件你要买一张当作被子来用的有毛的那种单子，就像我带来那样的，不过更该厚点。你若懒得买，来信也告诉我，也为你寄去。还有，不要忘了夜里不要（吃）东西。没有了。以上这就是所有的这封信上的重要事情。

　　我的稿子又交出去一小篇。

照相机现在你也有用了，再寄一些照片来。我在这里多少有点苦寂，不过也没什么，多写些东西也就添补起来了。

旧地重游是很有趣的，并且有那样可爱的海！你现在一定洗海澡去了好几次了？但怕你没有脱衣裳的房子。

你再来信说你这样好那样好，我可说不定也去！我的稿费也可以够了。你怕不怕？我是和（你）开玩笑？也许是假玩笑。

你随手有什么我没看过的书也寄一本两本来！实在没有书读，越寂寞就越想读书，一天到晚不说话，再加上一天到晚也不看一个字我觉得很残忍，又像我从（前）在旅馆一个人住着的那个样子。但有钱，有钱除掉吃饭也买不到别的趣味。

祝好

萧上

八月十七日

萧军致萧红

孩子：

接到你的信，就想写回信，金人来，耽误下了。你的第三封信也收到了，我给你的信（第二封）今天也该收到了吧？收到这封信，我想你的情绪一定会好一些。

前两天寄去的四本书，不知收到没有？今天你要的书，明后天我就寄给你。

我正在校《十月十五》的校样，今夜大约可校完。吃过晚饭以后，我预备去看《无国游民》影片。

你不必永在批判自己，这是没有用的，任它自然淹着去就是，如你所说：炎热过了，就是秋凉。我现在已近于秋凉状态了，但是我却怕要变成冬天，虽然冬天后头又是春天……

家，我是不想搬的，住在这里觉得舒服些。

周家，大约许是搬开了，那就不必找了。

临睡之前洗洗冷水浴，想法运动运动，这一定能减少你的骇怕❶和不安。

对无论什么痛苦，你总应该时时向它说："来吧！无论怎样多和重，我总要肩担起你来。"你应该像一个决斗的勇士似

---

❶ 现用"害怕"。

的对待你的痛苦，不要畏惧它，不要在它面前软弱了自己，这是羞耻！人生最大的关头，就是死，一死便什么全解决了。可是我们要拿这"死的精神"活下去！便什么全变得平凡和泰然。只要你回头一想想，多少波涛全被我们冲过来了，同样，这眼前无论什么样的艰苦的波涛，也一样会冲过去，将来我们也是一样的带着轻蔑和夸耀的微笑，回头看着它们。——现在就是需要忍耐。要退一步想，假设现在把你关进监牢里，漫漫长夜，连呼吸全没了自由，那时你将怎样？是死呢？还是活下来？可是我见过多少人，他们从黑发转到白发，总是忍耐地活下来……

因为我不想在这里说我的道理，那样你又要说我不了解你，教训你，你是自尊心很强烈的人。你又该说你的苦痛，全是我的赠与等……现在反来教训你等等……但是我的痛苦，我又怎来解释呢？我只好说这是我"自做自受"❶，自家酿酒自家吃……我不想再推究这些原因。

前信我曾说过，你是这世界上真正认识我和真正爱我的人！也正为了这样，也是我自己痛苦的源泉。也是你的痛苦的源泉。可是我们不能够允许痛苦永久啮咬着我们，所以要寻求，试验各种解决的法子。就在这寻求和解决的途程中那是需要高度的忍耐，才能够获得一个补救的结果。否则，那一切全得破灭！你也许会说破灭倒比忍受强些，不过我是不这样想的，凡事总应该寻求一个解决的办法，这才是人的责任，所谓

❶ 现用"自作自受"

理性的动物。否则闭起眼睛想要不看一切，逃避一切……结果是被一切所征服，而把自己毁灭了。凡事不能用诗人的浪漫的感情来处理，这是一种低能的、软弱的表现！自尊心强烈的人是不这样的。

我是用诸种方法来试验着减轻我的痛苦，现在很成功了。我希望你不要"束手无策"，要作一个能操纵，解决，把捉自己一切的人。不要无力！要寻找，忍耐的寻找力的源泉。神经过度兴奋与轻躁，那是生活不下去的，要沉潜下自己的感情，准备对一切应战！

我的感情比你要危险得多，但是我总是想法处理它，虽然一时难忍受，可是慢慢我总要把它们纳入轨道前进。

我在人生的历程上所遭到的厄害，总要比你多些，可是我是乐观的，随处利用各种环境，增加我的力量，补充我自己的聪明。就是说：我有勇气和力量杀得进，也杀得出，这样，人生的环境所以总也屈服不了我。你有时也要笑我的愚笨，不合理……正因为这样，所以我才能顽强的生活着。

人常常检点自己的缺点是必要的，发展自己的长处也是必要的。人有缺点，我是赞成补充它，如果这个缺点，不真正就是那个人的长处的话。

一个医生尽说安慰话，对于一个病人是没有多大用的，至少他应该指示出病人应该治疗和遵守的具体的方法。最末我说一句，不要使自尊心病态化了，而对我所说的话引起了反感！

洁吾兄处，我不另写信了。请你转告他，待到冬天或秋天，我们会见到的。

专此祝

好！

你的小狗熊

五月八日下午五时三十分

作者简介

萧红（1911—1942），原名张迺莹，现代女作家。代表作品有《呼兰河传》《生死场》等。

萧军（1907—1988），原名刘鸿霖，现代作家。代表作品有《八月的乡村》《第三代》《吴越春秋史话》等。

 ## 包子老师说

1932年，萧红被困于哈尔滨一家旅馆，经萧军等人的救援而脱险，随即两人生活在一起，共同从事文学创作。日本占领东北后，他们从关外来到上海，并结识了鲁迅。在鲁迅等文学前辈的关怀下，萧军出版了《八月的乡村》，萧红出版《生死场》，由此奠定了他们在现代文学史上的地位。就在这时，两人的感情产生了裂痕，萧红愤而出走，身体也垮了下来。后经人劝说，萧红赴日本疗养。这两封信即出自这

一时期。

　　萧红到日本后，两人一直通信。萧红细腻敏感，由于感情上的波折加之飘零异国他乡，此前信中流露的都是寂寞、沮丧、悲愁等低落情绪，只有这封稍见亮色。她的信中关注到部分社会现实，日本也有破船、黑水等；更多的是对萧军生活上的关心、叮嘱，可以感受得到她对萧军仍有感情。萧军之前是军人，后期又和朋友一起组织了一支抗日队伍，有着坚强的意志和磊落的作风。在他眼中，萧红太过软弱，总是沉浸在情绪中无法自拔。信中，他劝萧红要坚强起来，要想法子克服低落的情绪，解决痛苦；要"拿死的精神"活下去，这样便什么都平凡和泰然了。从两人的信中看得出他们性格上的差异，也许正是这些差异导致他们分手。

萧 红

致弟弟张秀珂

可弟：

小战士，你也做了战士了，这是我想不到的。

世事恍恍惚惚的就过了。记得这十年中只有那么一个短促的时间是与你相处的，那时间短到如何程度，现在想起就像连你的面孔还没有来得及记住，而你就去了。

记得当我们都是小孩子的时候，当我离开家的时候，那一天的早晨，你还在大门外和一群孩子玩着，那时你才是十三四岁的孩子，你什么也不懂，你看着我离开家向南大道上奔去，向着那白银似的满铺着雪的无边的大地奔去。你连招呼都不招呼，你恋着玩，对于我的出走，你连看我也不看。

而事隔六七年，你也就长大了，有时写信给我，因为我的漂流不定，信有时收到，有时收不到，但在收到信中我读了之后，竟看不见你，不是因为那信不是你写的，而是在那信里边你所说的话，都不像是你说的。这个不怪你，都只怪我的记忆力顽强，我就总记着，那顽皮的孩子是你，会写了这样的信的，会说了这样的话的，那能够是你。比方说——生活在这边，前途是没有希望，等等……

这是什么人给我的信，我看了非常的生疏，又非常的新鲜，但心里边都不表示什么同情，因为我总有一个印象，你晓得什么，你小孩子，所以我回你的信的时候，总是愿意说一些空话，问一问家里的樱桃这几年结樱桃多少？红玫瑰依旧开花否？或者是看门的大白狗怎样了？关于你的回信，说祖父的坟头上长了一棵小树。在这样的话里，我才体味到这封信是弟弟写给我的。

但是没有读过你的几封这样的信，我又走了。越走越离得你远了，从前是离着你千百里远，那以后就是几千里了。

而后你追到我最先住的那地方，去找我，看门的人说，我已不在了。

而后婉转的你又来了信，说为着我在那地方，才转学也到那地方来念书。可是你扑空了。我已经从海上走了。

可弟，我们都是自幼没有见过海的孩子，可是要沿着海往南下去了，海是生疏的，我们怕，但是也就上了海船，飘飘荡荡的，前边没有什么一定的目的，也就往前走了。

那时到海上来的，还没有你们，而我是最初的。我想起来一个笑话，我们小的时候，祖父常讲给我们听，我们本是山东人，我们的曾祖，担着担子逃荒到关东的。而我们又将是那个未来的曾祖了，我们的后代也许会在那里说着，从前他们也有一个曾祖，坐着渔船，逃荒到南方的。

我来到南方，你就不再有信来。一年多又不知道你那方面的情形了。

不知多久，忽然又有信来，是来自东京的，说你是在那边念书了。恰巧那年我也要到东京去看看。立刻我写了一封信给你，你说暑假要回家的，我写信问你，是不是想看看我，我大概七月下旬可到。

我想这一次可以看到你了。这是多么出奇的一个奇遇。因为想也想不到，会在这样一个地方相遇的。

我一到东京就写信给你，你住的是神田町，多少多少番。本来你那地方是很近的，我可以请朋友带了我去找你。但是因为我们已经不是一个国度的人了，姐姐是另一国的人，弟弟又是另一国的人。直接的找你，怕与你有什么不便。信写去了，约的是第三天的下午六点在某某饭馆等我。

那天，我特别穿了一件红衣裳，使你很容易的可以看见我。我五点钟就等在那里，因为我在猜想，你如果来，你一定要早来的。我想你看到了我，你多么喜欢。而我也想到了，假如到了六点钟不来，那大概就是已经不在了。

一直到了六点钟没有人来，我又多等了一刻钟，我又多等了半点钟，我想或者你有事情会来晚了的。到最后的几分钟，竟想到，大概你来过了，或者已经不认识我，因为始终看不见你，第二天，我想还是到你住的地方看一趟，你那小房是很小的。有一个老婆婆，穿着灰色大袖子衣裳，她说你已经在月初走了，离开了东京了，但你那房子里还下着竹帘子呢。帘子里头静悄悄的，好像你在里边睡午觉的。

半年之后，我还没有回上海，不知怎么的，你又来了信，这信是来自上海的，说你已经到了上海，是到上海找我的。

我想这可糟了，又来了一个小吉卜西。

这流浪的生活，怕你过不惯，也怕你受不住。

但你说："你可以过得惯，为什么我过不惯。"

于是你就在上海住下了。

等我一回到上海，你每天到我的住处来，有时我不在家，你就在楼廊等着，你就睡在楼廊的椅子上，我看见了你的黑黑的人影，我的心里充满了慌乱。我想这些流浪的年轻人，都将流浪到那里去，常常在街上碰到你们的一伙，你们都是年轻的，都是北方的粗直的青年。内心充满了力量，你们是被逼着来到这人地生疏的地方，你们都怀着万分的勇敢，只有向前，没有回头。但是你们都充满了饥饿，所以每天到处找工作。你们是可怕的一群，在街上落叶似的被秋风卷着，寒冷来的时候，只有弯着腰，抱着膀，打着寒战。肚里饿着的时候，我猜得到，你们彼此的乱跑，到处看看，谁有可吃的东西。

在这种情形之下，从家跑来的人，还是一天一天的增加，这自然都说是以往，而并非是现在。现在我们已经抗战四年了。在世界上还有谁不知我们中国的英勇，自然而今你们都是战士了。

不过在那时候，因此我就有许多不安。我想将来你到什么地方去，并且做什么？

那时你不知我心里的忧郁，你总是早上来笑着，晚上来笑着。似乎不知道为什么你已经得到了无限的安慰了。似乎是你所存在的地方，已经绝对的安然了，进到我屋子来，看到可吃的就吃，看到书就翻，累了，躺在床上就休息。

你那种傻里傻气的样子，我看了，有的时候觉得讨厌，有的时候也觉得喜欢，虽是欢喜了，但还是心口不一地说："快起来吧，看这么懒。"

不多时就"七七"事变，很快你就决定了，到西北去，做抗日军去。

你走的那天晚上，满天都是星，就像幼年我们在黄瓜架下捉着虫子的那样的夜，那样黑黑的夜，那样飞着萤虫的夜。

你走了，你的眼睛不大看我，我也没有同你讲什么话。我送你到了台阶上，到了院里，你就走了。那时我心里不知道想什么，不知道愿意让你走，还是不愿意。只觉得恍恍惚惚的，把过去的许多年的生活都翻了一个新，事事都显得特别真切，又显得特别的模糊，真所谓有如梦寐了。

可弟，你从小就苍白，不健康，而今虽然长得很高了，仍旧是苍白不健康，看你的读书，行路，一切都是勉强支持。精神是好的，体力是坏的，我很怕你走到别的地方去，支持不住，可是我又不能劝你回家，因为你的心里充满了诱惑，你的眼里充满了禁果。

恰巧在抗战不久，我也到山西去，有人告诉我你在洪洞的前线，离着我很近，我转给你一封信，我想没有两天就可以看到你了。那时我心里可开心极了，因为我看到不少和你那样年轻的孩子，他们快乐而活泼，他们跑着跑着，当工作的时候嘴里唱着歌。这一群快乐的小战士，胜利一定属于你们的，你们也拿枪，你们也担水，中国有你们，中国是不会亡的。因为我的心里充满了微笑。虽然我给你的信，你没有收到，我也没能看见你，但我不知为什么竟很放心，就像见到了你的一样。因为你也是他们之中的一个，于是我就把你给忘了。

但是从那以后，你的音信一点也没有的。而至今已经四年了，你到底没有信来。

我本来不常想你，不过现在想起你来了，你为什么不来信。

于是我想，这都是我的不好，我在前边引诱了你。

今天又快到"九一八"了，写了以上这些，以遣胸中的忧闷。

愿你在远方快乐和健康。

萧红

 包子老师说

　　这封信写于1941年九一八事变十周年前夕，是萧红在香港病榻上写给弟弟张秀珂的。当时，姐弟俩已经4年没有联系了。因无处投寄，该信在《大公报》上以《九一八致弟弟书》为名发表。直到萧红去世，她也没收到弟弟的任何消息。萧红与其父亲很早就断绝了父女关系，弟弟是她唯一的亲人，她对他很是牵挂。抗日战争爆发后，弟弟赴西北参军，加入中国共产党，任新四军第七旅宣传教育科科长。而萧红辗转多处，后与弟弟完全失联。张秀珂在驻地无意中看到军部出版的文艺副刊上刊载了萧红困居香港的消息，才知道姐姐去了香港。他通过报社给姐姐寄了一封信，希望她能到新四军根据地来。但在烽火连天的年月，书信并没有顺利寄到萧红那里。

这虽是一封家信，但作者写得很像一篇结构精巧的散文，以朴实的文字追忆了与弟弟在一起的温馨时光，字里行间充满了对弟弟的思念和牵挂。通过对弟弟的赞许，萧红也赞扬了和弟弟一般大的年轻战士们积极乐观、勇敢无畏的精神，他们对民族存亡有着不可动摇的信念，萧红也坚信"中国有你们，中国是不会亡"的。

汪曾祺

致沈从文

从文师：

很高兴知道您已经能够坐在小方案前作事。——不知道为什么，我总觉得还是文林街宿舍那一只，沉重，结实，但不十分宽大。不知道您的"战斗意志"已否恢复。如果犹有点衰弱之感，我想还是休息休息好，精力恐怕不是一下子就可以涌出来的。勉强要抽汲，于自己大概是一种痛苦。您的身体情形不跟我的一样，也许我的话全不适用。信上说，"我的笔还可以用二三年"，（虽然底下补了一句，也许又可稍久些，一直可支持十年八年）为甚么这样说呢？这叫我很难过。我是希望您可以用更长更长的时候的，您有许多事要作，一想到您的《长河》现在那个样子，心里就凄恻起来。我精神不好，感情冲动，话说得很"浪漫"，希望您不因而不舒服。

刚来上海不久，您来信责备我，说："你又不是个孩子！"我看我有时真不免孩气得可以。五六两月我写了十二万字，而且大都可用（现在不像从前那么苛刻了），已经寄出。可是自七月三日写好一篇小说后，我到现在一个字也没有。几乎每天把纸笔搬出来，可是明知那是在枯死的树下等果子。我似乎真教隔墙这些神经错乱的汽车声音也弄得有点神经错乱！我并不很穷，我的褥子、席子、枕头生了霉，我也毫不在乎，我毫不犹豫的丢到垃圾桶里去；下学期事情没有定，我也不着急；可是我被一种难以超越的焦躁不安所包围。似乎我们所依据而生活下来的东西全都破碎了，腐朽了，玷污萎落了。我是个旧式的人，但是新的在哪里呢？有新的来我也可以接受的，然而现在有的只是全无意义的东西，声音，不祥的声音！……好，不说这个。我希望我今天晚上即可忽然得到启示，有新的气力往下写。

上海的所谓文艺界，怎么那么乌烟瘴气！我在旁边稍为听听，已经觉得充满滑稽愚蠢事。哪怕真的跟着政治走，为一个甚么东西服役，也好呢。也不是，就是胡闹。年青的胡闹，老的有的世故，不管；有的简直也跟着胡闹。昨天黄永玉（我们初次见面）来，发了许多牢骚。我劝他还是自己寂寞一点作点事，不要太跟他们接近。

黄永玉是个小天才，看样子即比他的那些小朋友们高出很多。（跟他回来的是两个"小"作家，一个叫王湛贤，一个韦芜。他们都极狂，能说会笑，旁若无人。来了，我照例是听他们自己高谈阔论，菲薄这个，骂那个。）他长得漂亮，一副聪明样子。因为他聪明，这是大家都可见的，多有木刻家不免自惭形秽，于是都不给他帮忙，且尽力压挠其发展。他参与全国木刻展览，出品多至十余幅，皆有可看处，至引人注意。于是，来了，有人批评说这是个不好的方向，太艺术了。（我相信他们真会用"太艺术了"作为一种罪名的。）他那幅很大的《苗家酬神舞》为苏联单独购去，又引起大家嫉妒。他还说了许多木刻家们的可笑事情，谈话时可说来笑笑，写出来却无甚意思了。——您怎么会把他那张《饥饿的银河》标为李白凤的诗集插画？李白凤根本就没有那么一本诗。不过看到了那张图，李很高兴，说："我一定写一首，一定写一首。"我不知道诗还可以"赋得"的。不过这也并不坏。我跟黄永玉说："你就让他写得了，可以作为木刻的'插诗'。要是不合用，就算了。"那张《饥饿的银河》作风与他其他作品不类，是个值得发展的路子。他近来刻了许多童谣，（因为陈琴鹤的建议。我想陈不是个懂艺术的人）构图都极单纯，对称，重特点，幼稚，这个方向大概难于求惊人，他已自动停止了。他想找一个民间不太流行的传说，刻一套大的，有连环性而又可单独成篇章。一时还找不到。我认为如英国法国木刻可作他参考，太在中国旧有东西中掏汲恐怕很费力气，这个时候要搜集门神、欢乐、钱马、佛像、神俑、纸花、古陶、铜器也不容易。您遇见这些东西机会比较多，请随时为他留心。萧乾编有英国木刻集，是否可以让他送一本给黄永玉？他可以为他刻几张东西作交换的。我想他应当常跟几个真懂的前辈多谈谈，他年纪轻（方二十三），充满任何可以想象的辉煌希望。真有眼光的应当对他投资，我想绝不蚀本。若不相信，我可以身家作保！我从来没有对同辈人有一种想跟他有长时期关系的愿望，他是第一个。您这个作表叔的，即使真写不出文章了，扶植这么一个外甥，也就算很大的功业了。给他多介绍几个值得认识的人认识认识吧。

有一点是我没有想到的，他也没有告诉您。我说"你可以恋爱恋爱了"。（不是玩笑，正经，自然也不严肃得可怕，当一桩事。）他回答："已经结婚了！"新妇是广东人。在恋爱的时候，他未来岳父曾把他关起来（岳父是广东小军阀），没有罪名，说他是日本人。（您大概再也没想到这么一个罪名，管您是多聪明的脑子！）等结了婚，自然又对他很好，很喜欢，于是给他找事，让他当税局主任！他只有离开他"老婆"，（他用一种很奇怪语气说这两个字，不嘲弄，也不世俗，真挚，而充满爱情，虽然有点不大经心，一个艺术家常有的不经意。）到福建集美学校教了一年书。去年冬天本想到杭州接张西厓的手编《东南日报》艺术版，张跟报馆闹翻了，没有着落，于是到上海来，"穷"了半年。今天他到上海县的县立中学去了，他下学期在那边教书。一月五十万，不可想像！不过有个安定住处，离尘嚣较远（也离那些甚么"家"们远些），可以安心工作。他说他在上海远不比以前可以专心刻制。他想回凤凰，不声不响的刻几年。我直觉的不赞成他回去。一个人回到乡土，不知为甚么就会霉下来，窄小，可笑，固执而自满，而且死一样的悲观起来。回去短时期是可以的，不能太久。——我自己也正跟那一点不大热切的回乡念头商量，我也有点疲倦了，但我总要自己还有勇气，在狗一样的生活上作出神仙一样的事。黄永玉不是那种少年得志便颠狂起来的人，帮忙世人认识他的天才吧。

（忽然想起来，萧乾也许舍不得送他一本版画集，我从多方面听说萧乾近来颇有点"市侩气"起来了。那就算了。反正也不太贵，十万元即可得一本。）

我曾说还要试写论黄永玉木刻的文章，但一时恐无从着手。而且我从未试过，没有把握。大师兄王逊似乎也可以给他引经据典的，举高临下的，用一种奖掖后进的语气写一篇。（我希望他不太在语气上使人过不去。——一般人对王逊印象都如此，自然并不见得对所有人都如此，我知道的。）林徽因是否尚有兴趣执笔？她见得多，许多意见可给他帮助。费孝通呢？他至少可就文化史人类学观念写一点他一部分作品的读后感。老舍是决不会写的，他若写，必有可观，可惜。一多先生死了，不然他会用一种激越的侠情，用很重的字眼给他写一篇动人的叙记的，虽然最后大概要教导他"前进"。梁宗岱老了，不可能再"力量力量"的叫了。那么还有谁呢？李健吾世故，郑振铎、叶圣陶大概只会说出"线条遒劲，表现富战斗性"之类的空话来，那倒不如还是郭沫若来一首七言八句。那怎么办呢？自然没有人写也没有关系。等他印一本厚厚的集子，个人开个展览会时再说吧。——他说那些协会作家对他如何如何，我劝他不必在意，说他们合起来编一个甚么年刊之类，如果不要你，你就一个人印一本，跟他们一样厚！看看有眼睛的人看哪一本。

您的一多先生传记开始了没有？我很想到北平来助理您做这个事。我可以抄抄弄弄，写一两个印象片段。我恨像吴晗那样的人一天谈"一多一多"！

巴先生说在"文学丛刊"十辑中为我印一本集子。文章已经很够，只是都寄出去了。（我想稿费来可以贴补贴补，为父亲买个皮包，一个刮胡子电剃刀，甚至为他做一身西服！）全数刊载出来，也许得在半年后。（健吾先生处存我三稿，约五万字，恐印得要半年。您寄给他的《大和尚》我已收回，实在太不成东西。文章由三方面交去，既交与他，我照例又不好意思问一声。且如李有《老鲁》一文，即搁了整整半年，我见面时从未提起一字。）有些可能会丢失的。（刘北汜处去年九月有两稿，迄无下落。他偶尔选载我一二节不到千字短文，照例又不寄给我，我自己又不订报，自然领一万元稿费即完成全部写作投稿程序。小作家们极为我不平，说我们是同学，他不应太用力压我稿子。我倒知道一则他不喜欢我文章——也不喜欢我这个人；再则作编辑总得应酬，又得提拔女弟子，自然不免如此了。你千万不要在写给萧乾信上提这个。）倒是这二三小作家因为"崇拜"我，一见有刊出我文章处，常来告诉我，有哪里稿已发下了，也来电话。（他们太关心，常作出些令人不好意思事，如跑到编辑人那里问某人文章用不用之类。）原说暑假中编一编可以类为一本的十二三篇带小说性质的文章的（杂论，速写，未完片段不搁入），看样子也许得到寒假。——但愿寒假我还活着！暑假中原说拼命写出两本书，现在看样子能有五六万字即算不错。看我的神经如何罢。

　　顶烦心的事是如何安排施小姐❶。福州是个出好吃东西地方，可是地方风气却配不上山水风景。她在那边教书，每天上六课，身体本不好，（曾有肺病，）自然容易疲倦。学校皆教会所办，道姑子愚蠢至不可想象地步。因为有一次她们要开除一

❶ 施小姐：即施松卿（1918—1998），福建长乐人。新华社对外部特稿组高级编辑。汪曾祺夫人。

个在外面演了一场话剧的女生，她一人不表示同意；平日因为联大传统，与同学又稍为接近，关心她们生活，即被指为"黑党"，在那边无一朋友，听到的尽是家常碎事，闷苦异常。她极想来上海，或北平，可是我无能已极，毫无路径可走！她自己又不会活动。（若稍会活动，早可以像许多女人一样的出国了，也不会欣赏我这么一个既穷且怪的人！）她在外文系是高材生，英文法文都极好。（袁家骅先生等均深知此）您能不能给她找一个比较闲逸一点事？问问今甫先生有没有甚么办法吧。

我实在找不到事，下学期只有仍在这里，一星期教二十八课，再准备一套被窝让它霉，准备三颗牙齿拔，几年寿命短吧。我大概真是个怯弱的人。您等着我向您发孩子气的牢骚！不尽，此请
时安！

曾祺
七月十五日

所寄七万之稿费收到。大概真只够作您所说那个用途。《益世报》的三万五是什么文章的？款何须往二马路领取，天热，当后几日。

作者简介

汪曾祺（1920—1997），江苏高邮人。当代作家。毕业于西南联合大学，曾任中学教员，其间从事短篇小说创作。中华人民共和国成立后在《北京文艺》《民间文学》任编辑，1962年调北京京剧团编写剧本。其小说和散文风格独特，成绩斐然。代表作品有《受戒》《大淖纪事》等，作品集有短篇小说集《邂逅集》《晚饭花集》、散文集《蒲桥集》《榆树村杂记》等。有多卷本《汪曾祺文集》行世。

 包子老师说

这封信是汪曾祺1947年写给恩师沈从文的。他非常崇拜沈从文，报考西南联合大学就是奔着沈从文去的。沈从文也很欣赏汪曾祺，悉心指导他的创作，汪曾祺的文风深受沈从文影响。信中提到的一些人都成了当代的名家，如作者大力推介的黄永玉是中国画院院士、中央美术学院教授。这封长信真如汪曾祺所言，"带着孩子气"，仿佛一个孩子在跟家长倾诉，发牢骚，毫无顾忌地点评人事，抱怨自己的生活状态，毫不见外地让老师给自己的爱人施松卿（即信中的施小姐）找个清闲的事做；尤其给好友黄永玉介绍人脉资源，而且以身家担保黄永玉有巨大潜力，给他投资"绝不蚀本"，说得非常坦率直白。沈从文虽是黄永玉的表叔，但当时他对黄永玉的关注并没有汪曾祺来得真切。汪曾祺直言沈从文若

扶植黄永玉，算是功业一件。信中，作者不时夹杂对当时人事的点评，尖刻犀利，不无嘲讽，可见其对沈从无比信赖，两人关系也非常亲近。这封信让我们看到写私人信件中的汪曾祺与擅写淡远温和文章的他的不同的一面，生活中的他很情绪化，真率、直接、可爱。

致萧珊

萧珊：

杜运燮（xiè）来问罪，愧受而已。一直想写信，一直没有写。因为忙，而且乱。我没有"一间自己的屋子"，很少有机会能够一个人安静地坐下来。

京剧院一团有两个门，其中一个是红的。不过那一带红门很多。写《红灯记》的报道，一定要提到这红门么？

《红岩》本寄上。这是个还没有改好的本子。请勿与上海的戏曲界的人看。没有什么看头的。你和小林都会挑出许多毛病。

我匆匆归来，一直在改这个本子。原来写的时候是打一块烧红了的铁，现在改是在一块冷却的铁上凿下一些地方再补上，吃力而无功。

北京奇热。入晚以后，你们那个宽走廊下想必一定很凉快。

听说李先生又到越南去了，他这几年真是给国家做了很多事。

就说这些吧。

愿你好！

曾祺

七月廿二日

　　这封信写于1965年。当时，汪曾祺已被调到北京京剧院编写剧本，参与改编《沙家浜》。萧珊是巴金的爱人，亦是汪曾祺在西南联合大学的同学。汪曾祺与巴金一家关系很近，他的第一本小说集《邂逅集》就是1949年巴金在上海文化出版社当主编时给他出版的。另外，汪曾祺的老师沈从文与巴金是至交，因而他们几人的关系一直很近。信中，他跟好友萧珊抱怨在京剧院写剧本的无奈与苦闷，流露出他对当时写作的叙事风格的不满。

江竹筠

给谭竹安的信

竹安弟：

友人告知我你的近况，我感到非常难受。幺姐及两个孩子给你的负担的确是太重了，尤其是在现在的物价情况下，以你仅有的收入，不知把你拖累成什么样子。除了伤心而外，就只有恨了。我想你决不会抱怨孩子的爸爸和我吧？苦难的日子快要过完了，除了希望这日子快点到来之外，我什么都不能兑现。安弟！的确太辛苦你了。

我有必胜和必活的信心，从入狱那天起，我就下定了坐牢两年的决心。从现在时局变化的情况看，年底有出牢的可能。蒋介石来重庆固然不是一件好事，但是不管他如何顽固，现在战事已近川边，这是事实。重庆再强，也不可能和平、津、穗相比。因此，大方地给它三四个月，命运就会完蛋的。我们的牢也不白坐，一直在不断地学习，希望我俩见面时你有更惊人的进步。这一点我们当然及不上外面的朋友。话又得说回来，我们到底还是虎口里的人，生死未定。万一他要破坏到底，孤注一掷，一个炸弹两三百人的看守所就完了。这种可能性我们估计的确很少，但是并不等于没有。假若不幸的话，云儿就送你了。盼望你能教育他踏着父母的足迹，以建设新中国为志向，为共产主义革命事业奋斗到底。

孩子们决不要娇养，粗服淡饭足矣。幺姐是否仍在重庆？若在，云儿可以不必送托儿所，可节省一笔费用，你以为如何？就这样吧，愿我们早日见面。握别。愿你们都健康。

来友是我很好的朋友，不用怕，盼能坦白相谈。

竹姐　八月二十七日

作者简介

江竹筠（1920—1949），四川人。中国共产党地下组织重庆地区重要人物，为中国革命烈士。小说《红岩》中江姐的原型。与丈夫彭咏梧都是党员，江竹筠负责中共重庆市委地下刊物《挺进报》的组织发行工作。1948年，彭咏梧在中共川东临时委员会委员兼下川东地委副书记任上战死，江竹筠接任其工作。不久，她因叛徒出卖被捕，被关押在重庆的渣滓洞监狱，遭受了各种酷刑的折磨，但仍坚贞不屈。1949年11月14日，壮烈牺牲，年仅29岁。

 包子老师说

这是一封托孤信，是写给彭咏梧的前妻谭正伦的弟弟谭竹安的。江竹筠和彭咏梧的儿子叫彭云，即信中提到的云儿，当时由谭正伦抚养。江竹筠用筷子磨成竹签做笔，取出棉被内的棉花烧成灰，蘸着清水，写下了这封托孤信，字里

行间饱含着对儿子的思念和牵挂。她告诉竹安，孩子不必娇养，只粗茶淡饭能温饱即可；若自己牺牲，让孩子踏着他们的足迹建设新中国，将他们为之献身的事业奋斗到底。于信中，我们看到江竹筠烈士必胜的信念和奋斗到底的决心，也看到身为母亲的她对儿子的柔情和牵挂。

史铁生

给外甥小水

以我的经验看，不管对什么人来说，也无论在什么局面下，有三件事是最重要的。第一是分析处境，做到"知己知彼"。所谓知己，即清楚自己想干什么，能干什么；知彼呢，就是要弄清楚外部条件允许你干什么，和要求你必须干什么。前者是估计了你的能力，而后设定的理想或愿望；后者则包括：你想干，或者也能干，但阻碍巨大到希望非常渺茫的事，以及你不想干，但必须干的事。也可以说，前者是目标，后者是为达到目标而铺路。

想干什么，直接就能干什么，世界上几乎没有这样的事；除非是在极偶然的情况下，运气又是出奇地好。好运气来了，当然要抓住它，但任何时候都不要指望它。任何时候都要立足于自己的清醒、决断和行动。

这就说到了第二件最重要的事：决断。即在"知己知彼"之后，要为自己做出决定。决定的要点在于：一旦确认方向，就不要再犹豫。正所谓"用人不疑，疑人不用"，决定也是这样，做决定时要谨慎、周全，一旦决定就不再怀疑，做到心无旁骛，切勿浅尝辄止。人们常说：成功就在"再坚持一下"之中。

第三件事叫作：开始。前两件事完成之后，就要立刻开始，万万不可拖延。拖延的最大坏处还不是耽误，而是会使自己变得犹豫，甚至丧失信心。不管什么事，决定了，就立刻去做，这本身就能使人生气勃勃，保持一种主动和快乐的心情。

总而言之是三件事，或三个步骤：知己知彼→做出决定→立即行动。这三件事或三个步骤，不单对一时一事是最有用的，在人的一生中都是最有用的。

舅舅
〇七年十一月二十二日

作者简介

史铁生（1951—2010），当代作家。1967年毕业于清华大学附中，1969年到延安插队，1972年因双腿瘫痪回京。后开始文学创作，作品多带有对生命的思考。有短篇小说《我的遥远的清平湾》，小说集《命若琴弦》等，长篇小说《务虚笔记》，散文《我与地坛》等。获得鲁迅文学奖以及2002年华语文学传媒年度杰出成就奖。现有《史铁生作品系列（纪念版）》行世。

包子老师说

史铁生在这封写给外甥的信里，讲述了人的一生中最有用的三件事：一是知己知彼，二是做出决定，三是立即行动。这三点分别从判断、决断、行动角度概括了行事的要素，给外甥以切实的指导。对于读者来说，也具有一定的启发、借鉴作用。

给王安忆的信（节选）

......

坦白说，《清平湾》①是受了汪曾祺的影响。我最喜欢他的作品，主要是他的语言。

我很喜欢的是他的《七里茶坊》，但他的这篇作品似乎没有得到应有的重视。这大约与中国小说历来不太重视语言有关。其实语言绝不仅仅是文字组合的问题，它是审美角度的体现，而审美角度又体现着作者的思想深度。我在读《七里茶坊》时，总能感到汪曾祺的神态、目光——看着这个世界时的目光；常感到我是在和他默然对坐着，品味着人生的滋味，辛、酸、苦、辣、喜、怒、哀、乐，全在淡淡的几句对话中了。他的语言的妙处就在于给了谈者一个"默然"的机会，默然之中，不知所思，却又无所不思，说的是区区小事，却又使人忘却"营营"，能想到宇宙中去。海明威更是这样。我不认识汪，但有一次见他在文章中说，他是与海明威相通的，我信。大约通就通在审美角度上了。我说《清平湾》受了汪的影响，绝不是说此文敢与《七里茶坊》相比。我只是从他那儿感到了语言的重要。高行健在他那本引起争论的书中说到过语言，我觉得很正确。这大概就是旋律的问题，作者用语言构成

---

① 即《我的遥远的清平湾》。下同。

旋律。一首无标题音乐之所以能使人感到作曲家对世界、人生的看法，大约更能说明语言绝不仅仅是语言本身的问题。

我的牛吹得够厉害了。陕北老乡有句话："多吃饭身体好，少说话威信高。"

不过既然通信，何不吹吹牛呢！

我近年来看的刊物不多，老实说，觉得可看的太少。不过我的很多善于挑剔的朋友都很欣赏"女作家中的王安忆"。不恭维。

我这辈子大约只能写写短篇了，充其量试试中篇。生活面有限，慢慢就会显出后劲不足了。文学又纯粹是马拉松，一过三万米，是骡子是马就看出来了。好在我有充分的心理准备，所以今天这牛是不吹白不吹，过了这村儿，没这店门儿了。

……

史铁生
八三年三月三十日

 包子老师说 ◀))

王安忆是与史铁生同时代的女作家。信中提到的《清平湾》即史铁生的小说《我的遥远的清平湾》，获得1983年全国优秀短篇小说奖。小说以作者插队的陕北为背景，描绘了黄土高原上的小山村和一个风趣的放牛倌的故事。小说运用抒情散文的笔法，带有风俗画的特点，展示了陕北高原的地貌特征及陕北人民朴实、忠厚、积极乐观的性格。小说娓

娓叙来，令人回味无穷。这封信探讨的是审美角度问题。信中，史铁生直言《清平湾》受到了汪曾祺语言的影响。他认为文学语言的旋律很重要，好的旋律能使人想到宇宙中去，能体现作者的思想深度，能使人感受到作者对世界、对人生的看法。从中可以看出他对文学语言的思考。

给王朔的信（节选）

……

咱还是说对死后的猜测吧。

其实人活着活着忽然见着死了，都会有个猜想。很多人不过是怕，一天天地拖着不想。一想，就得用理智了，要么用感情（比如一厢情愿）。我曾经就是一厢情愿，这儿那儿全身像似没好地方了，我想不如死吧，死了就什么痛苦都没了（想死的人恐怕都这么想）。然后因为点别的事耽搁了，一下没死成，有工夫就又想：什么痛苦都没了是什么样呢？真是笨，想了好些年，有天终于眼前头蹦出句话：什么痛苦都没了，除非是什么都没了呗。是呀，要使痛苦无从产生，最可信可靠的办法就是什么都别让它有！我先是窃喜，紧跟着沮丧：咳，想了半天不就是小时候大人告诉我的那句话吗？——死了，就什么都没有了。

……

铁生

2003年7月15日

　　在与王朔的通信里，史铁生谈论的是面对死亡的问题。信中所言，人们对于死的猜想的确具有普遍性，体现了史铁生对人性有准确的把握。正是因为自己的身体原因，作者体现在作品中的对生死的思考比其他作家多得多，对生命的理解也比一般人透彻。沉重且令很多人生畏的死亡问题在史铁生口中更是轻描淡写。信的语言非常平实，揭示的道理却很深刻。此信正好体现了史铁生所说的语言旋律问题，借由此信，读者也可以对其语言风格感知一二。

给柳青的一封信（节选）

柳青：您好！

　　来信收到已久，本该早给您回信的，但总想就您对《务虚笔记》的意见说说我的想法，所以一直耽搁着。

　　可现在又觉得，要在一封信中说清楚，未必容易。试试看吧。但这绝不是说《务虚笔记》（以下简称《务》）有多么高明，只是说它有点特别，甚至让人难于接受。让人难于接受的原因，当然不都是它的特别所致，还因为它确实存在很多缺陷。但这缺陷，我以为又不是简单的删减可以弥补的，删减只能损害它的特别。而其"特别"，又恰是我不能放弃的。所以，这篇东西还是让它保留着缺陷同时也保留下特别吧。您不必再操心在海外出版它的事了。它本不指望抓住只给它一点点时间的读者，这是我从一开始就明白的事。世界上的人很多，每个人的世界其实又很小，一个个小世界大约只在务实之际有所相关，一旦务虚，便很可能老死难相理解。这不见得是一件坏事。也许这恰恰说明，法律需要共同遵守，而信仰是个人的自由。

　　《务》正在国内印第二版，这已经超出我的意料。读者大约是根据对我以前作品的印象而买这本书的，我估计很多人会有上当的感觉。对此我真是有点抱歉，虽然我不认为这是我的错。我还是相信，有些作品主要是为了卖，另一些更是为了写——这是陈述，不包含价值褒贬。就比如爱情的成败，并不根据婚姻的落实与否来鉴定。

您在信中说："C的穿插可以舍去……没有自传体味道，使它脱胎而独立，更显得成熟。"——就从这儿说起吧。

在我想来，人们完全可以把《务虚笔记》看成自传体小说。只不过，其所传者主要不是在空间中发生过的，而是在心魂中发生着的事件。二者的不同在于：前者是泾渭分明的人物塑造或事件记述，后者却是时空、事件乃至诸人物在此一心魂中混淆的印象。而其混淆所以会是这样而非那样，则是此一心魂的证明。故此长篇亦可名曰"心魂自传"。我相信一位先哲（忘记是谁了）说过的话，大意是：一个作家，无论他写什么，其实都不过是在写他自己。因而我在《务》中直言道：

我不认为我可以塑造任何完整或丰满的人物，我不认为作家可以做成这样的事……所以我放弃塑造丰满的他人之企图。因为，我，不可能知道任何完整或丰满的他人，不可能跟随任何他人自始至终。我经过他们而已。我在我的生命旅程中经过他们，从一个角度张望他们，在一个片刻与他们交谈，在某个地点同他们接近，然后与他们长久地分离，或者忘记他们或者对他们留有印象。但，印象里的并不是真确的他们，而是真确的我的种种心绪。

我不可能走进他们的心魂，是他们铺开了我的心路。如果……在一年四季的任何时刻我常常会想起他们，那就是我试图在理解他们，那时他们就更不是真确的他们，而是我真确的思想。……在我一生中的很多时刻如果我想起他们并且想象他们的继续，那时他们就只是我真确的希望与迷茫。他们成为我的生命的诸多部分，他们构成着我创造着我，并不是我在塑造他们。

我不能塑造他们，我是被他们塑造的。但我并不是他们的相加，我是他们的混淆，他们混淆而成为——我。在我之中，他们相互随机地连续、重叠、混淆，之间没有清晰的界限。……我就是那空空的来风，只在脱落下和旋卷起斑斓的落叶抑或印象之时，才捕捉到自己的存在。

……我经常，甚至每时每刻，都像一个临终时的清醒的老人，发现一切昨天都在眼前消逝了，很多很多记忆都逃出了大脑，但它们变成印象却全都住进了我的心灵。而且住进心灵的，并不比逃出大脑的少，因为它们在那儿编织雕铸成了另一个无边无际的世界，而那才是我的真世界。记忆已经黯然失色，而印象是我鲜活的生命。

——《务》136节

这就是我以为可以把《务》看作自传体小说的理由，及这一种自传的逻辑。

所以，有关C的章节是不能删除的。因为C并不是一个我要塑造或描写的人物，而应看作是这一份心魂历史的C部分。C的其他方面在这篇小说中是不重要的，只有以C为标志的残疾与爱情的紧密相关，才是这一心魂历史不可或缺的。而C的其他路途，亦可由Z、L甚至O、N等此书中出现的其他角色（即此一心魂的其他部分）来填补、联想，甚至混淆为一，——

这是允许的，但非一定的。一定的仅仅是：这诸多部分，混淆、重叠而成就了我的全部心路。

……

《务》最劳累读者的地方，大约就是您所说的"过于分散的物象"。人物都以字母标出，且人物或事件常常相互重叠、混淆，以致读者总要为"到底谁是谁"而费神。我试着解释一下我的意图。

首先——但不是首要的：姓名总难免有一种固定的意义或意向，给读者以成见。我很不喜欢所谓的人物性格，那总难免类型化，使内心的丰富受到限制。

其次——但这是最重要的：我前面已经说过了我不试图塑造完整的人物，倘若这小说中真有一个完整的人物，那只能是我，其他角色都可以看作是我的思绪的一部分。这就是第一章里那个悖论所指明的，"我是我的印象的一部分，而我的全部印象才是我"。就连"我"这个角色也只是我全部印象的一部分，自然，诸如C、Z、L、F、O、N、WR……就都是我之生命印象的一部分，他们的相互交织、重叠、混淆，才是我的全部，才是我的心魂之所在，才使此一心魂的存在成为可能。此一心魂，倘不经由诸多他者，便永远只是"空空来风"。惟当我与他者发生关系——对他们理解、诉说、揣测、希望、梦想……我的心路才由之形成。我经由他们，正如我经由城市、村庄、旷野、山河，物是我的生理的岁月，人是我的心魂的年轮。就像此刻，我的心路正是经由向您的这一番解释而存在的。

如果这种解释（在小说里是叙述，在生活中是漫想，或"意识流"）又勾连起另外的人和事，这些人和事就会在我心里相互衔接（比如A爱上了B，或相反，A恨着B）。但这样的衔接并不见得就是那些人的实际情况（比如A和B实际从不相识），只是在我心里发生着，只不过是我的确凿的思绪。所以我说我不能塑造他人，而是他们塑造着我。——这简直可以套用玻尔的那句名言了：文学不告诉我们他人是什么，而是告诉我们关于他人我们能够谈论什么。而这谈论本身是什么呢？恰是我的思绪、我的心魂，我由此而真确地存在。那"空空的来风"，在诸多他人之间漫游、串联、采撷、酿制、理解乃至误解……像一个谣言的生成那样，构成变动不居的：我。说得过分一点，即：他人在我之中，我是诸多关系的一个交叉点，命运之网的一个结。《务》中的说法是：

　　"我"能离开别人而还是"我"吗？"我"可以离开这土地、天空、日月星辰而还是"我"吗？"我"可能离开远古的消息和未来的呼唤而依然是"我"吗？"我"怎么可能离开造就"我"的一切而孤独地是"我"呢……

——《务》228节

　　如果这类衔接发生错位——这是非常可能的，比如把A的事迹连接到B的身上去了，甚至明知不是这样，但觉得惟其如此才可以填补我的某种情感或思想空白，于是在我心魂的真实里，一些人物（包括我与他人）之间便出现了重叠或混淆。这重叠或混淆，我以为是不应该忽略的，不应该以人物或故事线索的清晰为由来删除的，因为它是有意义的——这也就是小说之虚构的价值吧，它创造了另一种真实。比如若问：它何以是这样的混淆而非那样的混淆？回答是：我的思绪使然。于是这混淆画出了"我"的内心世界，"我"的某种愿望，甚至是隐秘。

（我有时想，一旦轻视了空间事物，而去重视心魂状态，很可能就像物理学从宏观转向微观一样，所有的确定都赖于观察了。这时，人就像原子，会呈现出"波粒二重性"，到底是波还是粒子惟取决于观察，而一个人，他到底是这样还是那样，惟取决于我的印象。孤立地看他，很像是粒子，但若感悟到他与人群之间那些看不见摸不着的神秘关联，他就更像似波了吧——这有点离题了。）

说到隐秘，什么隐秘呢？比如说，A的恶行我也可能会有（善行也一样），只不过因为某种机缘，A的恶行成为了现实，而我的这种潜在的可能性未经暴露——这通过我对A的理解而得印证。我相信，凡我们真正理解了的行为，都是我们也可能发生的行为，否则我们是怎么理解的呢？我们怎么知道他是如此这般，于是顺理成章地铸成了恶行的呢？如果我们没有这种潜在的可能，我们就会想不通，我们就会说"那真是我不能理解的"。人性恶，并不只是一些显形罪者的专利。（比如，某甲在"文革"中并未打人，但他是否就可以夸耀自己的清白？是不是说，未曾施暴的人就一定不会施暴呢？叛徒的逻辑亦如是，你不是叛徒，但你想过没有，你若处在他的位置上会怎样呢？如果我们都害怕自己就是葵花林里的那个叛徒，那就说明我们都清楚她进退维谷的可怕处境，就说明我们都可能是她。）不光在这类极端的例子中有这样的逻辑，在任何其他的思与行中都是如此。我可能是 Z、L、O、N、WR……因此我这样的写了他们，这等于是写了我自己的种种可能性。我的心魂，我的欲望，要比我的实际行为大得多，那大出的部分存在于我的可能性中，并在他人的现实性中看到了它的开放——不管是恶之花，还是善之花。尽管这种种可能性甚至是互相矛盾的，但难道我们不是矛盾的吗？我们的内心、欲望、行为不是常常地矛盾着吗？善恶俱在，我中有你，你中有我，才是此一心魂的真确。当然，他们做过的很多事并非就是我的实际经历，但那是我的心魂经历。如果我这样设想，这样理解、希望、梦想了……并由之而感受到了美好与丑陋、快乐与恐惧、幸福与痛苦、爱恋或怨恨、有限与无限……为什么这不可以叫作我的经历？皮肉的老茧，比心魂的年轮更称得上是经历吗？（所以，顺便说一句：当有人说《务》中的角色可能是现实中的谁的时候，我想那可真是离题太远。）

　　我想，某种小说的规矩是可以放弃的，在试图看一看心魂真实的时候，那尤其是值得放弃的。就是说，对《务》中的角色，不必一定要弄清楚谁是谁（更不要说《务》外的人物了）。事实上，除非档案与病历，又何必非弄清楚谁是谁不可呢？又怎么能弄清楚谁是谁呢？然而档案只记录行为，病历只记录生理，二者均距心魂遥远，那未必是文学要做的事。还是玻尔那句话的翻版：我无法告诉你我是谁，我只能告诉你，关于我，我能够怎样想。

　　如果有人说《务》不是小说，我觉得也没什么不对。如果有人说它既不是小说，也不是散文，也不是诗，也不是报告文学，我觉得也还是没什么不对。因为实在是不知道它是什么，才勉强叫它作小说。大约还因为，玻尔先生的那句话还可以做另一种引申：我不关心小说是什么，我只关心小说可以怎样说。况且，倘其不是小说，也不是其他任何有名有姓的东西，它就不可以也出生一回试试吗？——这是我对所谓"小说"的看法，并不特指《务》。这封信已经写得有点像争辩了，或者为着什么实际的东西而争辩了。那就再说一句：写这部长篇时的心情更像是为了还一个心愿，其初始点是极私人化的，虽然也并非纯粹到不计功利，但能出版也已经足够了。至于它能抓住多少读者，那完全是它自己的事了。您的出版事业刚刚开始，不必太为它操心，不能赚钱的事先不要做，否则反倒什么也干不成。"务虚"与"务实"本当是两种逻辑，各司其职，天经地义。

我近来身体稍差，医生要我全面休息，所以就连这封信也是断断续续写了好些天。立哲想请我去美国逛一趟，如果身体无大问题，可望6月成行。到时瑞虎将做我们的导游兼司机，这真让人想起来就高兴。只盼美梦成真吧——这一回不要止于务虚才好。那时您若有空，可否也来一聚呢？

即颂

大安！

史铁生

1997年3月14日

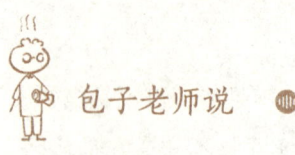

　　柳青是《创业史》的作者，其母为有着"南玲（张爱玲）北梅"之称的现代作家梅娘，当代少为人知。梅娘原名孙嘉瑞，史铁生称之为孙姨。史铁生自言柳青是他写作的领路人，在柳青的鼓励下，他走上了创作之路。写此信时，柳青已去世，从信中提到的瑞虎、立哲等人可推测出，作者应当是借柳青的名义写给友人的，也是写给读者的。

　　《务虚笔记》是史铁生创作的首部长篇小说，发表于1996年。小说叙述了20世纪50年代以来社会嬗（shàn）变带给残疾人C、画家Z、诗人L、医生F、女导演N等一代人的影响。该信是答复柳青提出的若干意见的（有节选），从中可约略看出史铁生的文学观及创作理念，对写作者不无启发。